KB253760

연리지사랑

연리지 사랑

1판 1쇄 발행 | 2008년 12월 13일

지은이 | 〈이음새〉 에세이문학회
발행인 | 이선우
펴낸곳 | 도서출판 선우미디어
등록 | 1997. 8. 7 제2-2416호
100-846 서울 중구 을지로3가 104-10
신성빌딩 403 ☎ 2272-3351, 3352 팩스: 2272-5540
sunwoome@hanmail.net

Printed in Korea ⓒ 2008. 〈이음새〉 에세이문학회

값 10,000원

※ 잘못된 책은 바꿔 드립니다.
※ 저자와의 협의하에 인지 생략합니다.

ISBN 89-5658-204-1 03810

연리지 사랑

<이음새> 에세이문학회 여섯 번째 글모음

선우미디어

연리지 사랑

〈이음새〉 에세이문학회 여섯 번째 글모음

차 례

이명재

·

이용재

구자숙

최찬희

김나경

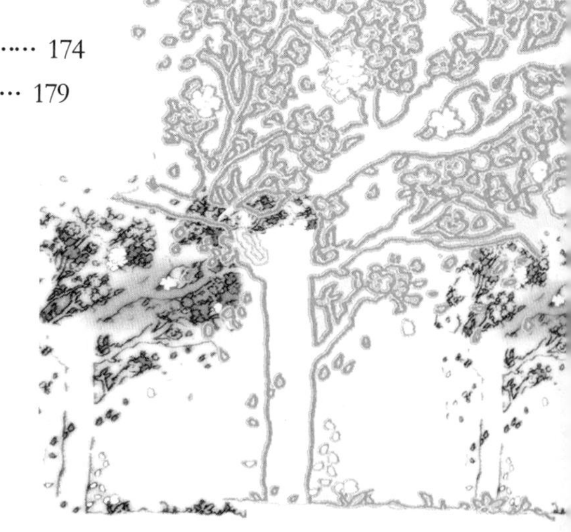

이명재

rheemj@cau.ac.kr

중앙대 졸업, 경희대 문학박사
동아일보 신춘문예 평론 당선
중대 문과대학장 역임
수필집『꿈과 낭만, 그리고 지성』
『글쓰는 생활의 보람』
〈우리문학 기림회 〉회장
중앙대문과대학 명예교수

부끄러운 추억들

오늘까지 내가 겪어온 일 가운데서 비교적 부끄러웠다 싶은 추억 세 가지가 생각난다. 하지만 일반 통념에서 볼 경우, 일시적으로 딱하게 느껴지거나 퍽 안타까운 사안에 해당할 정도이다. 세 가지 모두가 우연히도 30대 중, 후반의 젊은 시절에 있었던 첫 만남들에서 생긴 일종의 시행착오에 해당된다.

내 본성이 본디 남에게 피해를 줄 정도로 악의를 가지고 통 큰일을 저지를 계제가 아니라서 그렇게 양심의 가책을 받을 부끄러움이 없는 것만은 다행이라 여겨진다. 그런 만큼 사회 일선에서 물러난 요즘에는 젊은 시절에 일어났던 다소의 실수들이 오히려 아름다운 추억으로 부메랑되어 옴을 느끼곤 한다.

처음 강단에 섰던 처지에

대학에 전임강사 발령을 받은 내가 처음으로 강단에 섰던 35세 때의 일이다. 국어국문학과 2학년 전공과목인 신문학사 강좌인데 매우 난감한 처지에 이르렀던 것이다. 집에서는 새벽까지 다음날 강의할 분량의 두 배쯤을 준비해 갔었는데 하다보니까 실제는 예정시간보다 빨리 동이 나고 만 것이다.

새 학년 개강 초인데 이를 어쩐담, 지정시간은 아직도 15분이 더 남았는데? 당황하던 나는 서너 학생에게 해당 교재를 읽히는 것으로 메우려 했다. 그런데도 본문 중간의 촘촘한 옛 잡지 기사 인용부분에 걸린 학생이 자꾸 묻는 것이었다. 여러 개 어려운 한자를 교수마저 몰라 대답을 못했다. 지금은 대학의 학장을 맡고 있는 그때의 난처해 하던 학생 모습이 가시방석으로 담당교수에게 전이해 들었다. 그리고 강의실 가득 껄껄대던 웃음소리들이 지금도 내 얼굴에 화롯불을 쪼아대는 듯 뜨겁기 그지없다.

이런 실수를 초심자의 요령부득으로 보아 넘기는지 학교에서 특별한 말썽은 없었던 모양이다. 하지만 담당 교수 자신이 어쩌면 그렇게 답답한 숙맥이었나 싶다. 구체적인 실례와 보충설명을 들어 강의시간 조절은 못할지언정 다른 해결책을 강구할 여유도 없었던 것일까. 미리 필요 없는 인용부분은 생략하고 넘기게 하거나 차라리 '오늘은 이만 마치자'고 했더라면 오히려 학생들한테서 기분 좋은 박수갈채까지 받았을 텐데 말이다.

참한 아가씨와의 만남에서

아마 내가 나이든 조교 적에 경험한 일로 기억난다. 시내에서 두어 군데 대폿집을 거쳐서 흑석동으로 향하던 중 삼각지에서 내렸다.

아직 지하철공사가 시작되지 않은 그곳 로타리 근처 동쪽의 한 맥줏집에 들렀던 것이다. 동행했던 한 사람은 누군지 지금 좀처럼 떠오르지 않는다.

두어 시간 거나하게 술을 마시다가 통금에 쫓겨 홀을 나서는 일행에게 맥주를 따르던 아가씨들은 한길에까지 따라 나와서 배웅해 주었다. 그런데도 그 중의 한 아가씨에게만 봉사료를 건네고는 정작 내 상대 아가씨한테는 팁을 주지 않았다. 분명 그 값을 치를 만큼의 현금을 지니고 있었는데 왜 그랬을까.

"저한테만 이래도 마음 편하신가요? 처음인데……."

간절한 서운함만 드러내던 그녀 목소리를 들으면서도 나는 기어코 짓궂은 고집을 부렸다. 아마 시골에서 올라와 술집에 처음 나온 듯 참하고 우아한 인상의 그녀는 남달랐던 듯싶다.

그 후로 나는 그녀에 대한 안타까움과 죄책감(?)으로 좀처럼 마음을 가눌 수 없었다. 사흘쯤 지난 밤에 갑절 이상의 사례금을 마련한 나는 정중한 자세로 삼각지 그 집을 찾았다. 하지만 그곳에서 그녀의 모습은 보이지 않았다. 청년 웨이터 말에 의하면 미쓰 박인가 하는 그녀는 사흘 전부터 그만 두고 나오지 않는다는 것이었다.

아무쪼록 그 일을 계기로나마 참한 그녀가 술집에서 영영 발을 빼기라도 했으면 좋으련만.

흑인 시인의 명함을 받고

그러니까 1986년 여름에 서독 함부르크에서 열린 국제 펜 대회 파티석상에서였다. 동서양 여러 나라에서 모여든 대표문인들과 기자,

편집인들이 환담을 나누는 자리에서 한국측 일행은 아무래도 외국어 소통에 위축감을 느끼는 편이었다.

한 구석에서 잠자코 칵테일 잔을 기울이던 나는 옆자리의 한두 외국인에 서툰 언어로 간단한 수인사만 건네는 정도였다. 마침 이웃 테이블에 앉은 허름한 흑인한테 다가가 영어로 말을 걸었다. 이곳엔 안 어울리게 대학원생쯤으로나 만만하게 보이는 청년이었기 때문이다.

"초면인데, 당신은 어디서 오셨지(웨어 아 유 프롬)?"

그랬더니 초라한 몸집의 흑인 청년은 친절하고 유창한 영어로 대답하며 명함까지 건네는 것이었다. ―말리 공화국 펜 대표 다이아와라―시인, 국립대학 교수, 문학박사였다.

예상밖의 지위에 놀란 동양청년에게 그는 영어와 프랑스어 가운데 무슨 언어로 소통하는 게 좋겠냐며 설명하였다. 서아프리카인 말리는 오래도록 프랑스 영토로 있다가 세네갈이 분리해 나간 뒤에 독립한 공화국이라는 것이다.

사실 학위나 직급, 외국어 실력 면에서 앞서 있는 이 친구를 겉만 보고 업신여겼던 자신이 부끄럽기 그지없었다.

아바나의 정취와 헤밍웨이

　문인 10명과 더불어 모처럼 17일간의 일정으로 중남미 일곱 나라에 문화탐방을 나선지 사흘째 되는 날이었다. 1월 21일 밤늦게 멕시코 칸쿤 공항에서 쿠바행 비행기에 오른 나는 낯선 적성국을 향한다는 마음에서 자못 긴장 섞인 호기심에 잠겨 있었다. 지난밤 늦도록 비 내리는 대서양의 파도소리를 벗삼아 마셨던, 선인장으로 빚은 데킬라 술맛의 얼얼한 여운도 가셨다 싶었다. 온종일 우리 몽골계 인디오들이 멕시코 고원에 세웠다는 마야 문명의 본산인 체첸이사 등을 땡볕 속에 답사한 여독도 잠시 잊은 듯싶다.

　기내 등을 켠 나는 새삼스레 여행사에서 마련해준 안내용의 해당 정보를 살펴보았다. 쿠바Cuba는 북미주 대륙으로 이어져 내려오다가 남미주로 좁게 연결되는 중앙아메리카에 위치해 있는 섬나라이다. 같은 중앙아메리카권인 멕시코를 비롯해서 과테말라, 니콰라과, 엘사바도르, 코스타리카, 파나마 등은 북미의 록키산맥과 남미대륙의 안데스산맥에 맞닿아 있는데 비해서 쿠바는 대조적이다. 대서양의 카리브해에 동서로 길게 누워있는 쿠바 섬은 바다 주변의 라틴아메리카 군소국가들 가운데서 제일 큰 나라이다. 한반도의 절반 면적인 쿠바는 그러니까 제주도의 친구일 만한 크기의 도미니카, 과테말라, 아이티, 자메이카, 토리니나드앤토바고, 바이베이도스 등의 서인도제도 섬나라들 중에서 맏이 격이다.

남북 아메리카의 잘록한 허리 주변에 무슨 섬나라들이 자잘하게 이렇게 모여 있단 말인가 싶다. 그런데도 15세기 말에 콜럼버스가 발견한 이래 스페인령으로 있다가 겨우 1901년에 독립했다는 쿠바는 대견하게 여겨진다. 1959년에 변호사였던 카스트로가 참여했던 혁명전쟁에 성공한 다음 60년대부터는 미국과 단교한 친공 정권이 감히 미국의 턱밑에 비수를 대고 맞서 있는 형세인 것이다. 그런 처지이니 이 나라 전체 인구 350만 중에 200만 명이 모여 산다는 수도 아바나 항구 역시 오죽할까.

클릭회사의 여객기 앞쪽 2B 좌석에 앉은 내 맞은편 승무원석에는 에바 양이 자리를 하고 있었다. 원주민과 스페인 침입자의 혼혈인 메스티죠라며 악수하고 거무스름한 얼굴에 수줍은 티를 띤 그녀는 미리 메모한 내용을 스페인어와 영어로 안내 방송을 하여 호감을 주었다. 아바바 공항에서 입국수속을 맡은 군복차림의 남녀 직원들도 생각보다 부드럽고 우호적인 태도였다. 두어 시간을 비행해서 자정 가까이쯤 찾아온 동양 손님의 여권 속에서 별도의 간이비자에만 검인을 찍어서 국교 없는 측의 불편은 느끼지 않게 대접해 주었다. 적어도 여권에는 전혀 쿠바에 들렀다는 흔적이 남아있지 않게 배려해

준 것이다.

아바나(Havana) 거리는 여느 나라 경우와 달리 한밤중인데도 간간히 밝혀진 가로등 정도뿐 네온사인도 없어 아늑하게 느껴졌다. 착륙할 적에 내려다보니 공항의 활주로에 박힌 불빛들마저 하늘에 총총하게 빛나는 보석인 양 영롱하기 그지없더니만. 이 도시는 필요한 전등 외에는 불이 꺼진 풍경이 오히려 평화스런 인상을 풍겼다. 그러니만큼 메리나 아바나 호텔 3216호실에 나랑 같은 룸메이트로 여장을 푼 김영찬 시인은 옆방의 신길우 수필가, 신협 시인과 서종남 교수, 정영자 편까지 청하여 즉석파티를 벌였다. 이곳 사탕수수로 빚은 특유의 아바나클럽이란 술잔은 그 빨간 빛깔처럼이나 하룻밤 이국의 항구 정취에 흠뻑 젖은 나그네들의 마음을 달래기에 안성맞춤이었다.

이튿날 일찍 관광버스에 오른 일행은 예정된 헤밍웨이 문학 유적지로 탐방을 나섰다. 백여 년 전의 스페인식 건물이 즐비한 시가지에는 미국과 국교를 끊은 50년대 모습의 낡은 차량들이 요소마다에 걸린 채 시가를 굽어보고 있는 수염 짙은 체 게바라 혁명가의 초상화 아래로 달리고 있었다. 반미와 사회주의 노선을 고수하는 이 나라에서는 여전히 카스트로 동생이 실세이므로 정치적인 발언은 금지되어 있다는 박 가이드의 말이 피부에 와 닿았다. 자유진영의 무역규제 때문에 어려운 쿠바의 재정문제를 정부에서는 남아도는 자국의 의사들이나 운동코치들을 외국에 수출함은 물론이고 우리 일행 경우처럼 더 많이 외국 관광객을 유치한 외화 벌이로 충당하고 있다는 것이다.

아바나 항구 변두리에 있는 코히마르 마을에서 내린 일행은 마치 한국의 어느 시골 어촌에 찾아온 기분이었다. 이곳이 바로 노벨상 수상작인 『노인과 바다(The Old man and the Sea)』의 무대라서 익숙한 느낌이었을까. 50년대 초중반에 이곳에서 배를 타고 낚시질을 나다닐 때 현지의 한 어부한테서 들은 실체험담을 중편으로 쓴 명작에는 헤밍웨이 자신의 분신 같은 산티아고 노인을 통해서 체득한 바 치열한 삶과 극기주의 사상이 담겨 있다.

일행은 작가가 단골처럼 드나들며 손수 진한 사탕수수 원액 술을 타 마셨다는 술집(La Teraza) 구석구석을 살폈다. 그런데도 주인인 듯 뚱뚱한 중년의 백인 여인은 마냥 심드렁한 표정이었다. 스페인어밖에 모르는 그녀와는 대화가 어렵고 술값마저 턱없이 비싼 편이니 술을 사마시기도 그렇고, 나는 기어코 그 집 뒤편의 바닷가 물속에서 거북이 모양으로 생긴 주먹크기만한 돌 하나를 건져서 주머니에 챙겨 넣었다. 어쩌면 생물인 듯싶은 이 돌멩이는 내가 소장하고 있는 헤밍웨이 작품전집 원본들과 함께 내 서재의 소중한 기념물이 되고 남으리라.

일행은 바닷가 저만치에 등신대 크기로 바다를 향해 빙그레 웃는 자세로 서있는 헤밍웨이 동상을 배경으로 기념촬영을 하였다. 이 마을 어부들이 폐선의 프로펠러 쇠붙이들을 녹여서 우정으로 세웠다는 그 투박한 흉상이 제격이라 싶었다. 그 옆에서 푸른 바다를 배경으로 모금 모자를 놓은 채 기타 줄로 애절하게 「관타나모의 여인」을 연주하는 늙은 악사의 모습이 선하다. 그는 왜 술잔을 건네는 관광객의 권유에 아랑곳 않고 음악에만 열중하였을까. 그리고 방파제

옆에서 저 멀리 바다를 바라보고 있던 얼굴 그을린 소녀는 미국 건너간 친구가 그리워 마냥 우울해 보인 것일까.

정작 일행이 놀란 것은 현지의 비히야 언덕에 자리 잡은 헤밍웨이 문학박물관에서였다. 본디 미국의 시카고 근교 태생인 헤밍웨이가 1921년에 첫 방문했던 쿠바에 심취한 후에 30년대 말에 셋째 부인이 얻어 쓰던 그 집을 장편의 원작료로 사들여 별장으로 만들었다는 집은 너무 호화롭고 커보였다. 아바나 시내의 호텔(Ambos Mundas) 511호에 묵으며 7년 사이에 탈고한 『누구를 위하여 좋은 울리나』의 원작료를 파나마운트 영화사로부터 받아 매입했다는 사실은 더욱 한국 문사들의 경탄을 자아내기에 충분하였다.

그럼에도 불구하고 이 헤밍웨이 박물관은 칠레의 산티아고에 위치한 노벨상 수상시인 네루다의 다채로운 집필실들에 비해 거부감이 느껴졌다. 우선 그보다 몇 배쯤은 더 거대함을 드러내는 규모부터 요즘의 쿠바에는 어울리지 않는 특별전시관 같았다. 수많은 수목이 울창하게 가득 찬 뜰에 풀장과 요트창고는 물론 높은 전망대도 갖추고 있어서 동양 선비 일행을 아연케 할 만큼 부러움을 샀음은 물론이다. 특히 입구 쪽의 아름드리 선인장나무며 풀장 옆의 우람하게 우거진 벤쟈민 고무나무들은 고무적이었다. 세계적인 작가가 평생을 노력해서 이룩한 보람의 하나임에 틀림없는 것이다.

하지만 거실과 응접실, 집필실, 식당, 침실 등은 가히 동물의 박제 전시실이라 싶었다. 벽모서리에 대여섯 마리씩 줄지어 붙박혀 있는 아프리카 사파리의 코뿔소 머리와 사슴뿔, 커다란 상아들은 물론 사람 키보다 더 큰 그 다랑어 뼈들. 그것은 동물학대와 자기자랑에 빠진 작가의 부도덕성마저 엿보이게 해서 멀리서 입장권을 사서 찾아 온 탐방객을 실망시켰다. 평소에 아무리 모험적인 사냥을 즐기고 진취적인 싸움을 즐겼다지만 그게 진정한 전리품일 수 있을까. 그랬으니 작가 자신은 물론이요, 그의 여러 자녀와 누님 등에까지 끔찍한 모습으로 스스로의 삶을 마치게 했던 게 아닐까, 측은하게 생각되기도 했다.

한나절 문학탐방을 마친 일행과 더불어 시내 중심가 노천레스토랑에서 한참 점심을 들던 무렵이었다. 마침 갑자기 뿌리던 여름 소나기처럼 나그네 마음을 환하게 달래는 멜로디가 팡파르처럼 울려 들고 있었다. 번화가가 시작되는 호텔 쪽 골목에서부터 10여 명의 카니발 행렬이 다가오고 있었다. 원색 짙은 옷차림에 우스꽝스런 탈을 쓴 남녀 광대들의 긴 지팡이 걸음을 걷는 모습이며 경쾌한 밴드 음악이 우리네 중·고교시절의 축제를 연상케 하였다. 「베사메, 베사메 무쵸」 가사가 스페인 원음 노래 그대로 열정과 간절함을 더해 왔다. 그 제목부터 연인 이름이 아니라 목마른 연가임을 현지에서 실감해서인가. '키스해 줘요, 더 많이 키스해줘요(베사메 무쵸=키스 미 머치)'. 언제 헤어질지 모르는 사이들이니. 오늘 밤 우리, 서로의 사랑을 위하여 뜨겁게, 뜨겁게.

이렇게 그들은 비록 가난해도 마음은 여유롭고 낭만으로 가득차 보였다. 행복은 결코 경제적인 풍요로만 누리는 것이 아님을 동방의 손님 일행에게 노래하는 듯싶었다. 그런 1박 2일의 쿠바 아바나를 뒤로하고 일행은 예정된 남미문화탐방을 위해 멕시코시티로 향하는 비행장으로 떠나야 했다. 언제쯤 또다시 한번이라도 자유로운 일정으로 이곳에 들르면 좋으련만.

　부디 안녕, 안녕히. 은은한 자태로 멀리 숨어 지내는 연인인 양 그리운 아바나 항구여. 금기의 나라처럼 마냥 고독하게 느껴지는 쿠바 섬이여.

이제금 생각하면

근래 한껏 자유로워진 처지에서 문득 지난날들을 되새김해 보곤 한다. 그동안 자신이 겪어온 일 가운데서 잊혀지지 않는 것은 몇몇이던가? 그리고 그때 내 처신은 과연 올바르고 후회 없는 것일까? 특히 여성들에 관한 경우는 단순한 에피소드로 넘길 일이 아니리라.

내 나이 40대 초반쯤의 초가을이라 싶다. 교양국어 시간에 황진이 시조를 강의하고 나올 때였다. 복도로 따라오면서 면담을 청하는 학생이 있었다. 신입생 때부터 강의실 맨 앞자리에 다소곳이 앉아 수강하던 여학생. 앳된 얼굴에 성실한 인상이던 그미는 연구실에 들어서더니 의자에 앉기도 전에 말하였다. 긴장해서였던가. 납입금 추가 마감이 임박했는데 어쩔 수 없으니 한 학기 등록금을 차용해 달라는 간청이었다.

이런 딱한 일이 있나, 글쎄 어쩌면 좋을까. 망설이던 나는 고개를 흔들어 거절하고 말았다. 그때 당혹한 눈빛으로 문을 나서던 그미의 모습이 요즘에도 차마 뇌리에서 걷히질 않는다. 더구나 그 후 그미의 얼굴은 캠퍼스에서는 물론 연예계에서마저 볼 수 없으니. 동료나 후배 교수들은 당시의 대처법이 현명했다는 견해지만. 내 자신 고학하며 컸는데 왜 그랬던가. 차라리 한 학기 등록금쯤이야 돌려받을 생각 말고 베풀어서 의연한 사제관계를 지킬 수는 없었던 것일까. 며칠 밤 고뇌하던 새내기 학생이 신뢰를 걸고 한 생의 구원자로 택했던 교수한테 얼마나 실망했을까.

또 한 번은 내가 50대 중반쯤의 초여름이었다. 학교에서 논문심사를 끝내고 문예잡지사의 교정을 위해 시내로 향했었다. 종로에 내렸는데 저만치 길모퉁이에 서있는 여학생 옆모습을 발견하였다. 지난번 계절 학기에 교양과목을 수강하던 문과 상급생 B양이 트랜지스터라디오로 대학야구 중계방송 듣기에 열심인 것이었다. 그미는 배우 심은하보다 더 청순한 이미지를 띤 터라 기억하고 남았다. 숲속에서 맑은 공기와 이슬만으로 사는 선녀를 닮았다고나 할까.

마침 시간이 있다고 해서 함께 출판사에 들러 차 대접도 받으며 대화했다. 시골집은 술도가를 해왔던지라 가끔은 술도 들면서 무료를 달랜다고. 나란히 골목길을 나오던 나는 잠시 영화의 한 배역이라는 감흥에 잠길 정도였다. 그런데도 파트너는 우물쭈물하는 자세로 그미에게 말했었다. 6시에 민방위 훈련이 있으니 맥주는 다음 기회로 미루자고. 그런데도 버스가 멀어질 때까지 가로수 앞에 서서 손을 흔들어 주던 그 모습이 지금도 내 가슴에 남아있다. 이미 중년일 그미는 어디서 살며 이 못난 꽁생원의 약속을 기억이나 하고 있을까.

끝으로, 잊히지 않는 건 2천 년 한 학기동안 러시아의 K대학에서 한국어회화를 강의할 적의 일이다. 바로 푸틴 대통령이 선출되던 날 저녁, 위성 TV 앞에서 다가온 금발 여학생은 인상적이었다. 훤칠한 키에 러시아 문학과의 졸업반5학년인 그미는 나한테서 한국어를 배우며 상냥했다. 곧잘 시내 항구나 박물관은 물론 시험공부를 하면서 멀리 H시까지 영어로 대화하면서 안내해 주었다. 자기네 가족사진까지 보이면서 솔직해서 친근감 있게 여겨진 것도 사실이다.

그래도 나는 여느 수고비 말고는 그미의 충치를 치료하는데 필요하다는 1백 달러 상당의 의료비를 끝내 지원하지 않았다. 차라리 그보다 비싼 저녁을 사줄지언정 스스로의 마음이 내키지 않았던 것이다. 귀국에 임박한 내 여비 걱정보다는 서로의 자존심에 신경이 쓰였다. 해외는커녕 아직 이웃 도시 여행도 못하고 검소한 기숙사 생활을 하는 대학생의 순수한 이미지를 지켜줘야 한다는 배려에서이기도 했다. 하지만 그 일로 퍽도 토라진 눈치이던 그미는 지금쯤 어느 하늘 아래서 내 참뜻을 헤아리고나 있을까.

이웅재

lleewj1004@hanmail.net

연세대학교 국문과 졸업
중앙대학교 대학원 문학박사
〈수필문학〉 수필, 〈한맥문학〉 소설 등단
동원대학교 출판미디어과 교수, 학술정보센터장 역임
한국수필문학가협회 행사분과위원장
분당문학회 회장

까치다방 이야기
- 백령도 기행 1 -

꼭두새벽부터의 나들이는 어렸을 적의 추억을 떠올리게 해주는 설렘이 있다. 08. 5. 30. 새벽 6 : 40까지 인천 연안여객터미널에 집결해야 하는 일정 때문에 휴대폰의 알람 기능을 설정해 놓고서도 시간 시간마다 눈이 떠지다 보니까 제대로 된 잠을 잘 수가 없는 것은 당연지사, 그렇지 않아도 감기 기운 때문에 축 처진 몸이 영 찌뿌드드하기 그지없다. 내 친구의 부부와 아내 친구의 부부, 그렇게 세 부부가 백령도엘 함께 가기로 한 것이었는데, 마음과 육체가 나들이에 대하여 서로 각각 다른 반응을 보이고 있는 것이었다.

7 : 10. 마린브리지호를 타고 인천항을 떠났다. 약간 흐린 날씨이기는 했으나, 비가 내리겠다는 일기예보와는 달리 선창 밖으로는 비교적 푸르고 잔잔한 바다가 우리를 반갑게 맞아준다. 당연히 온몸이 산뜻하고도 상큼해야 정상일 텐데 그렇지 못한 것은 역시 컨디션이 좋지 못한 때문일 것이다. 소청도, 대청도에서 잠깐씩 머문 여객선

은 점차 높아지는 파도와 싸우며 예정시간보다 30분 이상 연착하였다.

우리를 마중 나온 백령여행사의 기사 겸 가이드는 젊은 남자분, 나직하고도 정확한 발음으로 안내를 해주고 있었다. 소청도엔 300명 정도, 대청도엔 1,400명 정도의 주민이 살고 있고, 백령도에는 4500명 내외의 주민이 거주하는데, 소청도·대청도 사람들은 주로 어업으로 생활을 하고 있지만, 백령도에서는 농업인구가 전체 인구의 40%를 넘어서는 곳이라고 하였다.

백령도는 서해 최북단의 섬으로 원래 황해도 장연군長淵郡에 속했으나 광복 후 옹진군甕津郡에 편입되었다고 했다. 지금의 행정구역 명칭은 인천광역시 옹진군 백령면으로 백령도의 원래의 이름은 따오기섬, 한자어로 곡도鵠島였는데, 따오기가 흰 날개를 펼치고 공중을 나는 모습처럼 생겼다 하여 백령도白翎島로 바뀌었단다. 한국에서 14번째로 큰 섬이었는데, 최근 화동과 사곶 사이를 막는 간척지 매립으로 면적이 늘어나 8번째로 큰 섬이 되었단다.

진촌리 이화장 모텔에 짐을 풀고 점심을 먹고 나와 버스에 올랐는데, 버스는 떠날 생각을 않는다. 무슨 일일까 궁금해하다가 차츰 짜증이 날 무렵에야 여인 서너 명이 다른 버스에서 내려 우리 버스로 허겁지겁 달려오는 모습이 보였다. 어느 곳을 가나 그런 사람들은 한두 명씩 있게 마련인 모양이다. 그 여인들은 나중에도 시간을 지키지 않아 어떤 남성 여행객으로부터 야단을 맞고 종국에는 서로 악다구니의 말싸움으로까지 번져서 다른 사람들의 눈살을 찌푸리게 했다.

가이드가 나직나직하게 말하고 있었다. 이곳에는 술집은 별로 없고 다방이 한 열 곳 정도 있는데 그 중에서 가장 유명한 다방이 까치다방이라고 했다. 그런데 그 다방 이름은 주인의 아들놈의 이름을 딴 것인데, 주인의 성씨가 조씨라고 했다. 한번은 TV에서 9월 말쯤인가 VJ특공대를 방영하면서 백령도 체육대회를 중계한 적이 있었단다. 해병대 여단 연병장에서 치렀던 그 체육대회에서는 진기한 일이 한두 가지가 벌어진 것이 아니란다.

하나는 사격대회에서 사격왕의 자리를 민간인에게 빼앗겨 전 부대에 비상이 걸리기도 했었고, 더욱 사람들의 입초시에 오르게 된 일은 바로 축구 경기에서였다는 것이다. 그때 바로 그 까치다방 아들이 선수로 출전을 하게 되었고 마담은 레지 10여 명을 인솔하고 아들 응원에 나섰다는 것인데…. 하필이면 백넘버가 18번이었다지 않은가.

"18번, 조까치 잘한다, 잘해!"

게임이 무르익자 응원도 열을 띠게 됨은 당연한 일. 게다가 상황이 급박하게 돌아가자 응원하는 말도 짧아져서 '18번'의 '번'자도 빼고 고래고래 소리를 질러대더란다.

"18, 조까치, 잘 한다!"

그걸, 한번 정리해서 들어보자.

"씨팔, 좆같이 잘 한다!"

가이드는 말했다.

"나중에 혹시 까치다방에 들어가시는 일이 있더라도, 절대로 주인장 성씨는 물어보지 마세요. 큰일 납니다!"

웃자고 한 얘기일 것이다. 의도대로 모든 사람들은 웃어 주었다. 그런데 나는 웃지 않았다. 왜? 모든 게 시들한 때문이었다. 그놈의 감기 기운 때문에 도저히 흥이 나질 않는 것이다.

그러는 중에 버스는 심청각으로 향했다. 길 양쪽으로는 백령도의 상징이랄 수 있는 해당화가 화사하게 피어 있었고, 그 향기가 그윽하고도 은은하게 코를 간질이고 있었으나 내게는 그것도 재채기만 나게 만드는 일일 뿐이었다. 심청각 뒤쪽의 심청 상像은 그저 먼빛으로만 보고 내려왔다.

황해도 장산곶과 백령도 사이의 두무진頭武津 앞바다에는 심청이 몸을 던졌다는 '인당수印塘水'라는 낯익은 이름의 급류지대가 있고, 이곳에 얽힌 전설이 심청전과 같음을 고증하여 1999년 10월에 2층 규모의 심청각 전시관을 준공하였다는 것이다. 다른 때 같았으면 좀 더 자세히 전시관을 둘러보았겠으나 기침은 자꾸 나오고 콧물도 뜬금없이 주르륵! 흐르는 통에 도저히 관심이 가질 않았다.

섬 유일의 절 백련정사로 가는 길에 다시 가이드의 우스갯소리가 이어졌다. 섬 안에는 목욕탕이 딱 하나 있는데, 물이 아주 좋다고 했다. 일주일에 3번만, 1시~5시까지만 영업을 하는 때문에 가보기가 어려운 목욕탕이란다. 한 번은 4살짜리 아이가 엄마하고 목욕탕엘 갔는데 엄마의 물건이 자신의 것과 다른 것을 보고 호기심에서 물었단다.

"엄마, 그게 뭐야?" 대답이 궁한 엄마, "응, 이거 수세미란다." "그거, 얼마짜린데?" "응, 1000원."

다음 번 목욕을 갈 때는 아빠하고 가라고 했는데, 이놈 또 아빠에게 묻더란다.

"아빠, 그게 뭐야?" 엄마에게서 대충 얘기를 들은 터라, 아빠 왈,
"이거, 수세미란다." "그거, 얼마짜린데?" "응, 이거 2000원." "엄마
껀 1000원인데, 아빠껀 왜 2000원이야?" "응, 엄마껀 틀어진 거고,
아빠껀 손잡이도 있고 딸랑이도 두 개 있잖아?"

그 아이가 자라서 수세미 장수가 될 줄 알았더니, 여행사 가이드
가 되었다나? "그게 바로 저에요."

그래도 나는 흥이 나질 않았다.

갈매기 허수아비와 하수오, 두무진
- 백령도 기행 2 -

이 섬엔 유일하게 절이 하나 있다. 그곳으로 가는 길에는 모내기가 끝난 논배미들이 길 양옆으로 늘어서 있었다. 가이드는 "한번 보세요." 하더니, 경적을 길게 울렸다. 그 소리에 놀라 갈매기들이 와르르 날아올랐다. 그건 그대로 장관이었다. 조금 더 가다보니 그곳의 논에는 갈매기들이 하나도 없었다. 왜 그럴까? 가이드가 말했다.

"논 가운데 허수아비 같은 것이 있지요? 거기에 묶여있는 것이 무엇인지 아시겠어요?"

자세히 보니 무슨 죽은 새 같은 것을 꿰어놓은 것 같았다.

"저거 갈매기를 잡아 꼬챙이에 꿰어놓은 것이랍니다. 산 갈매기들이 저걸 보고 여기에서 어물쩍거리다가는 저와 같은 신세가 되겠다 싶어 근처에도 오지 않는답니다. 썩어서 몸뚱이가 다 떨어져나가고 깃털 하나만 남을 때까지도 유효하답니다."

그것 참, 참새도 그러지는 않을까? 하지만, 참새는 너무 작아서 잘 보이지 않으니까 별 효력이 없어서 죽은 참새 허수아비가 없는 것은 아닐까? 그런데 그런 것이 아니지 싶었다.

"까치는 3일까지만 접근을 하지 않는다고 하네요. 그 이상은 속지를 않는답니다."

그래, 그렇다. 고 영리한 참새들이 그런 허풍에 속을 놈들이 아닌 것이다. 알고 보니 갈매기란 놈들, 참 고지식한 놈들이라는 생각이었다. 하지만, 그들의 단합된 힘은 또 대단하다고 했다. 젊은 사람들은 그물 따위로 갈매기를 잡는 일이 번거로우니까 공기총으로 잡기도 한다는데, 그럴 경우 갈매기들은 떼를 지어 사람에게 덤벼든다는 것이다.

비포장 길을 거쳐 한참을 달리니 야산의 중턱쯤 되는 곳에 평평하고 널찍한 절터가 나온다. 절의 이름은 '몽운사.' 육지에서라면 볼 것 하나도 없는 절이었다. 희소성이란 그만큼 값어치를 지닐 수 있다는 것을 확인했을 뿐이다. 그런 대로 하나의 특색을 찾는다면 절 앞쪽에 있는 놋쇠로 만든 것으로 보이는, 한 길이 넘는, 커다란 발우鉢盂라고나 할까? 거기에는 '세상을 담는 그릇'이라고 씌어 있었다.

앞쪽의 화장실이 또 조금 이색적이었다. 조립식이긴 하지만 변기 두 개가 있는 곳은 남자 화장실이라고 하고, 그 오른쪽에 검은 비닐 천막 같은 것으로 삼면을 둘러쳐 놓은 곳이 여자 화장실이라는 것이었다. 어떻게 생긴 곳이기에 그럴까 궁금증이 일었지만, 역시 모든 게 귀찮아서 풀리지 않는 화두쯤으로 치부하고 더 이상의 생각을 접기로 하였다. 내 육신이 그런 것까지 생각할 만한 마음의 여유를 주지 않았기 때문이었다.

버스에 오르자 가이드의 안내가 또 시작되었다.

"백령도 사람들은 모두 순박하고 착한 사람들입니다. 딱 두 종류의 사람만 빼고는요."

희소성이라고 무조건 좋은 것은 아닌 모양이다. 모두들 타기하는 그 두 사람은 어떤 사람일까?

"한 사람은 섬 구석구석마다 다니면서 헛개나무, 오가피, 하수오 등등의 희귀식물을 캐기에 전력을 다하는 사람이지요."

하수오何首烏는 옛날부터 산삼과 견줄만한 영약이다. 하수오를 먹고 신선이 되어 하늘로 올라갔다든지 수백 년을 장수했다는 전설 따위는 여러 가지가 전해져 내려오고 있다.

옛날 중국에서 한 강직한 선비가 유배되어 가서 10여 년쯤 지나자 이제는 늙어 기력도 없고 할 테니까 가서 데려오라고 해서, 찾아가 보니까 예전에 허옇던 머리는 까매지고 정력이 펄펄 넘쳐나더라는 것인데, 그게 바로 하수오 덕이었다는 것이다. 그래서 이름도 '어떻게 머리가 까마귀처럼 까맣게 됐을까' 해서 '하수오'로 불렀다고 했다. 지뢰지역에까지 들어가서 약초들을 캐는 바람에 가끔 팔다리가 날아가 버리는 사람이 생겨나는데도 못된 사람들은 아랑곳하지 않고 하수오 등 약초 캐기에 혈안이라는 것이다.

지뢰가 아니라도 산에는 뱀들이 많아서 쑥 따위를 뜯을 때도 매우 주의하지 않으면 안 된단다. 11년 전부터는 인삼 재배도 하고 있는데, 강화 인삼은 4~5년 지나면 캐야지 그러지 않으면 썩어버리지만 이곳의 인삼은 10년이 지나도 멀쩡하다고 했다. 고구마도 백령도 고구마가 맛있단다. 이곳의 고구마는 백고구마요, 물고구마인데, 그 이

름은 고구마가 아니라 땅에서 나는 과일이라고 해서 지과地果라던
가?

못된 사람 또 하나는 선주船主들, 까나리를 잡을 수 있는 허가를
받아놓고서는 다른 사람들이 잡으면 위법이라고 고소를 하고 자기
네에게 일정 부분을 바치라고 한다는 것인데, 사람들은 차라리 나라
에다가 벌금을 물지언정 그들에게 바치는 일은 극구 거부한다는 것
이었다.

백령도에는 여자들도 예비군 편성이 되어 있다고 했다. 물론 강제
가 아니라 지원자만 받는다는 것인데, 북한과 마주하고 있는 최북단
의 섬이라는 특수성으로 해서 취해진 조치란다.

다음은 중화동교회를 찾았다. 우리나라에서 처음 세워진 교회는
서울 신문로의 새문안교회요, 두 번째의 교회가 이 중화동교회라고
했다. 교회는 언덕 위에 있었다. 예전에는 터를 잡기가 어렵지도 않
았을 텐데 이처럼 언덕 위에 세워진 것은 교회에서 울려나오는 종소
리가 조금이라도 멀리까지 들리게 하기 위한 것이었을까? 지금의
모습은 후에 개축한 것이어서 아쉬웠다. 이처럼 초기에 기독교가 들
어온 곳이 백령도이기에 주민의 80% 이상이 기독교인이요, 따라서
다른 섬에서는 흔히 볼 수 있는 고사나 풍어제 따위도 지내지 않는
다고 했다. 앞서 보았던 바처럼 불교의 절이 하나밖에 없는 것도 바
로 이러한 때문이었던 것이다.

버스는 다시 두무진頭武津으로 향했다. 어선을 개조한 유람선을 타
고, 고려시대의 충신 이대기가 『백령지』에 '늙은 신의 마지막 작품'
이라 표현했을 만큼 아름다운, 한국의 장가계 두무진의 경치를 관람

했다. 선대바위, 촛대바위, 형제바위, 코끼리바위, 병풍바위, 장군바위 등등의 기암괴석들은 일부러 조경이라도 해 놓은 듯 아름다운 경관임에는 틀림없었으나 역시 내 몸은 모든 것이 귀찮다는 반응이었다.

유람선 관광을 마친 다음에는 걸어서 올라가 구경하기도 했는데, 그 기기묘묘한 바위 쪽으로 올라가는 곳에는 '통일로 가는 길'이라는 표석이 서 있었고, 많은 사람들이 그 길을 밟았으니, 아마도 통일이 멀지 않을 것이라는 나름대로의 소망을 가져보며 숙소로 향했다.

나 잡아 봐라
- 백령도 기행 3 -

　여행지의 숙소란 으레 한잔 하는 재미가 쏠쏠한 곳이다. 여자들은 술을 별로 못 하니 남자 셋이서 주거니 받거니 해야 하는데, 술이라면 자다가도 벌떡 일어나야만 하는 내가 그놈의 감기 때문에 함께 어울릴 수 없는 것이 비극이었다.

　"그까짓 감기쯤‥"이라는 회유로부터 시작해서, "앞으로는 상종을 않겠다‥"는 엄포에 이르기까지 모든 수사를 다 가져다가 써 먹더니, 나중에는 둘이서 나를 씹는 것을 안주로 하여 권커니 잣커니 하다가 꼴까닥 취해서는, 추석은 아직도 멀었는데 돼지 목까지 따기 시작하는 것이었다. 하지만, 나는 죄인 아닌 죄인이 된 터이니 꿀 먹은 벙어리 신세, 가끔 "씹으니 술맛 나지?" 하는 추임새를 넣는 정도로 시간을 때우는 수밖에 없었다.

　그렇게 힘들게 내공을 쌓아서였을까? 이튿날에는 컨디션이 매우 좋은 상태였었다.

첫 번째 관광지는 용기포 등대해안, 1960년대에 사용하다가 지금은 사용치 않는 용기포 등대의 발치에는 후미지고 은밀한 등대해안이 있다. 군부대 지역이라 민간인의 접근을 허용치 않아서 아는 이가 별로 없던 곳이지만, 최근 등대해안 부분만 개방을 하고 있는 곳이다. 지형 자체가 밖에서는 보이지 않고 산길을 올라가면 왼쪽으로는 철조망이 쳐져 있어 민간인 출입을 금하고 있고 앞쪽으로 철조망 사이에 조그마한 출입구를 만들어 놓아서 그곳을 지나서 해변가로 내려가면 갑자기 나타나는 움푹 파인 듯한 지형에 펼쳐져 있는 기암괴석, 밀려와 부딪치는 파도가 신선하다. 백령도에 이렇게 아름다운 해안도 있구나, 저절로 탄성이 우러나오는 곳이다.

어쩐 일일까? 어제 오후에 보았던 두무진의 절경도 별 감흥을 불러일으키지 못했는데, 이곳에 와서 자연과의 일체감을 느끼게 되는 것은… 그렇다. 그것은 그만큼 몸이 상쾌해진 때문일 것이었다. 아무리 육체보다 정신을 형이상학적으로 높이 평가한다 하더라도 육체의 떠받침이 없으면 제 기능을 발휘할 수 없는 것, 육체와 정신은 서로 보완해 나가야지만 제 몫을 다할 수가 있는 것이다. 평소에도 인정하고 있는 명제임에도 불구하고 나는 오늘 새삼 그러한 진리를 실감으로써 느꼈다. 이후의 여정은 모두 이처럼 새로운 정감으로써 받아들여지고 있었다.

다음은 천연기념물 391호인 길이 3km에 달하는 사곶沙串 천연비행장. 사곶 연안은 유리의 원료인 규사토硅砂土로 이루어져, 물이 잘 빠지고 콘크리트처럼 단단하여 비행기가 이착륙할 수 있어, 6·25전쟁 때에는 실제로 천연비행장으로 활용되었던 곳이다. 이 같은 지형은 세계에서 이탈리아 나폴리 해안과 이곳뿐이란다. 가이드는 육지 쪽에서 바다 쪽으로 버스를 돌진시키면서 그냥 버스 탄 채로 바다를 가로질러 인천으로 가버리자고 했다. 실은 물기가 있는 모래 쪽이라야 차바퀴가 빠지지 않는 까닭에 가급적 바닷물 가까운 곳으로 가기 위한 일이었다. 모래는 정말로 아주 미세했고 그 위를 걸어도 조금도 빠지지 않았다.

너도나도 깨끗한 모래 위를 걷느라 여념이 없었다. 더러는 모래 위에 '사랑해!' 따위의 낙서를 하기도 했다. 모래 위에 길게 이어진 여행객들의 행렬, 버스는 그 뒤를 슬금슬금 따라오고 있었다. 한 동안 시간이 흐른 후, 이제는 떠나야 할 시간, 버스는 한 사람 두 사람 손님들을 태우기 시작했고, 마지막 남은 몇 사람 옆을 지날 때는 모르는 체 그냥 지나치기도 했다. 차 안에 있는 사람들에게는 그들에게 "나 잡아 봐라!" 외치라고 해놓고서.

비행장을 떠나 콩돌해안으로 향하면서 가이드는 말했다. 백령도에서 가장 잘못된 일 중의 하나가, 이 사곶과 화동 사이를 막는 820m 길이의 방조제 공사로 480ha의 농경지를 조성한 일이라고 했다. 농사를 짓기 위해서는 270만 톤의 물을 저장할 수 있는 담수호가 필요한데, 그렇게 농업용수를 뽑아올려 사용하다보면 백령도 전체의 물 부족 사태에 이르게 된다는 것이라서 지금은 저렇게 잡풀이 무성한 채로 방치되어 있다는 것이다. 뿐만 아니라 그로 인하여 해수의 흐름이 바뀌어 백사장이 훼손되고 있어 천연비행장의 역할도 끝장날 것이라고 걱정들이었다.

우리는 다시 천연기념물 392호인 콩돌해안으로 이동했다. 도중에는 7,310m의 서해대교에 맞먹는 '백령대교'를 지나가기도 했다. 2,30m 정도나 될까, 그럼에도 '대교'라는 이름이 붙은 것은 백령도 유일의 다리인 때문이겠다. 폭 50m, 길이 1.5km의 콩돌해안은 0.4cm~0.6cm의 콩알만한 자갈들로 이루어져 있어 또한 나름대로의 정취가 느껴졌다. 경사가 심한 편이고 수심이 깊어서 해수욕장으로는 사용되지 않고 발마사지를 하기 위한 곳으로 이용된다고 했다. 우리도 맨발로 콩돌해안을 거닐었음은 물론이다.

콩돌해안 관광을 마지막으로 용기포 선착장으로 오는 길에는 화동염전도 보였다. 가이드가 말했다. 여객선을 탔을 때 내 좌석에 다른 사람이 앉아있으면 어떻게 해야 하느냐고. 처음 한두 번은 좋은 말로 비켜달라고 하란다. 그래도 비켜주지 않으면 머리채를 휘어잡아 끌어내라고 했다. 잡을 만한 머리가 없는 사람이면 1000원짜리 또는 2000원짜리 수세미를 잡아끄는 수밖에 없다고 제법 심각하게 조언하고 있었다. 마지막까지도 우리를 즐겁게 해주려는 가이드가 고마워서 우리는 힘찬 박수로 그와 작별을 하였다.

아쉬운 일은 물개들이 일광욕을 즐기는 모습을 보지 못했다는 점이다. 실상은 물개가 아닌 물범이라고 했다. 백령도는 세계적으로 흔치 않은 물범 서식지. 현재 500여 마리의 물범들이 서식하고 있단다. 물범들이 바다 밖으로 나오는 풍경을 가장 손쉽게 볼 수 있는 때는 2월과 3월, 그것도 밤이라고 하니 보기 힘든 것은 당연한 일이었을 것이다. 1박 2일의 백령도 관광에서 남은 것은 까나리액젓 한 통과 미역 한 꼭지가 전부였다.

구자숙

abaya101@hanmail.net

경기여고, 이대 국문학과 졸업
중앙대학교 사회교육원에서 전문가과정 수료
한국문인협회 회원, 이대동창문인회 이사,
카돌릭문인회 회원, 이음새 수필문학회 초대 회장 역임

1984년, 그 해는 참 행복했다

한국 순교복자 103위 시성이 1983년 9월 교황청 추밀회의에서 결정되었다.

이 땅에 복음의 빛이 들어 온 후, 근 100년 동안이나 엄청난 박해로, 만여 명이 순교하였다. 목숨 바쳐 피 흘린 선조들의 신앙의 씨가 오늘의 기쁨과 결실을, 200만 가톨릭 신자들에게 안겨 준 것이다. 그 이듬해는 천주교가 한국에 정착한 지 200년이 되는 해였다. 그래서 교황 바오로 2세께서 1984년 5월 3일~7일까지 한국을 방문하시게 되었다. 순교복자 103위의 시성식과 천주교 전래 200주년 기념 신앙 대회를 갖는다는 소식이 있고부터 교회 안은 온통 축제 분위기였다. 더구나 최고 목자이신 교황 성하의 집전으로 서울 여의도 광장에서 대미사를 올리게 되어, 역사적인 경사에 기쁨이 넘치는 행복한 해였다.

이 큰 잔칫날을 위해서 행사 준비 책자가 분배되었고, 전문인 봉사자들 회의가 분야별로 여러 곳에서 진행되었다.

방 수녀님샤르트르회과 김 정수골롬바와 나는 여의도 광장 꽃 장식 팀으로 봉사하게 되어, 장익 주교님의 주관 하에 준비교육을 받았다. 이 교육에는 건축가는 물론 미술, 조명, 실내장식가 이외에도 많은 전문가들이 참여해 명동 주교관 강의실을 가득 메웠다. 모임 시간이 퇴근 이후여서 쉽지는 않았지만, 야식을 나누어 먹던 일이며, 구상한 것을 구체적으로 그리기도 하고, 사진까지 첨부하는 일들을 거쳐, 하나의 계획이 결정되는 과정에 이르기까지 우리는 수없이 만나고 또 대화를 나누었다. 늦은 시간까지 회의가 진행되면, 신부님은 손수 도시락과 간식을 챙겨 주시는 등 우리들이 능력을 십분 발휘할 수 있도록 분위기를 잘 잡아 주시는 자상함을 보이셨다.

제전 꽃에 대한 구상과 소재, 크기를 결정하는 데에는, 많은 인내심이 필요했다. 건축 설계가 결정되기를 기다려야 하고, 도면에 꽃을 놓을 곳이 제대로 표시되었는지, 제전을 3층으로 지을 계획이라는데, 밖으로 노출될 5m 넓이의 둘레는 어떻게 처리할 것인지… 등등. 경비만 넉넉하다면 저 흰 벽을 꽃으로 꾸미면 좋겠다는 욕심까지 생겼다.

교황님은 제대 중심에서 집전하시는데, 그곳을 향해 올라가는 3층까지의 계단 양옆이 첫 인상과 같은 중요한 곳이라서 그 공간을 어떻게 배려해야 할 것인지, 나는 조심스럽게 눈치를 보았다. 실내 장식부는 꽃장식과 사촌 간인데, 벽과 바닥을 무슨 색으로 결정하는지, 궁금했지만 물어 볼 수도 없는 것이, 꽃장식과 청소는 언제나 맨 끝

순서이기 때문이었다.

만일 바닥이 빨간 카펫으로 나온다면 빨간 꽃은 피하고 하얀색인 글라디올러스, 백합, 덴파래를 중심으로 소재를 선택해야 한다. 배경과 밑받침, 마무리와 연출 소재는 충분하게 준비하는 것이 중요하므로 잊지 않도록 주의할 것이고, 수명이 짧은 꽃들은 당일 새벽에 구입하며, 물 흡수가 약한 꽃들은 물 대롱에 넣어, 알맞은 온도에 보관하기로 약속했다. 햇빛이 쨍쨍한 야외에 설치할 작품은 실내에서 꽂아 이동하여 조립하는 방법으로 뜻을 모았다.

제전 옆에 임시 천막을 치고 수십 개의 물통에 담긴 엄청난 소재를 꽃예술작가협회에서 동원된 30명의 회원들이 작업하는 것을 상상해 보았다. 여자의 체력으로서 각자 책임진 분야를 제대로 해 낼지 은근히 걱정도 되었다.

긴장되던 몇 개월이 훌쩍 지나고, 드디어 1984년 5월 3일 교황님께서 한국에 오셨다. 신문이나 텔레비전 뉴스 시간에는 온통 그 소식으로 일색이었다. 오후 2시경 교황께서 타신 이탈리아 항공기의 도착을 기다리는 김수환 추기경의 모습, 예쁜 한복 차림으로 교황을 열렬히 환영하는 계성여고 합창단, 그리고 마침내 교황님께선 하얀 수단을 입고 트랩을 내려오셨다. 교황님은 첫 발이 땅에 닿자, 엎드리시어 흙에 입 맞추시고, 태극기에 경의를 표하면서 도착 성명서로 인사를 하셨다. 오후 3시경에는 순교성인들께 분향하기 위해 한강변에 있는 절두산 성지로 향하셨는데, 건강한 모습과 음성으로 우리를 편안하고 기쁘게 해 주셨다.

비로소 교황님이 한국에 오신 것이 실감이 났다. 참으로 꿈같은 일을 직접 확인하니, 마음이 뜨거워지는 듯했다.

꽃 장식 팀들은 마음과 몸이 바빠지기 시작했다. 소재를 예약한 화원은 농장에 들러 확인하고 배달했으며, 장미, 금잔화, 카네이션 같은 약한 꽃은 행사 전날 새벽 꽃 도매 상가에서 구입을 했다. 제대 정면으로 올라가는 층계를 중심으로 왼쪽과 오른쪽에는 양 두 마리가 서로 바라보는 모양의 작품을 배치하기로 하였는데, 한 마리 양을 만드는 데에만 하얀 카네이션을 150단이나 꽂았다. 카네이션 꽃은 꽃잎에 물이 묻으면, 누런색으로 변하기 때문에 각별히 조심을 해야 했다. 중간 계단에는 예수 성심을 상징하는 것인데, 빨간 카네이션을 하트형 속에 소복이 꽂고, 8줄의 광채를 사선으로 낮게 넣으니, 입체감의 효과가 있어 우리끼리 도취하여 손뼉을 치며 만족했다. 이런 기쁨으로 피곤함도 느끼지 못한 채 밤은 깊어 갔다. 아래 계단에는 불기둥을 두 개 세우는데, 소나무와 야자수 껍질, 다래 덩굴로 기둥을 만든 후, 키가 큰 판파스와 헤리코니아를 기둥 옆에 세우고, 줄기가 긴 개나리와 영산홍을 윗부분에 꽂았다. 불기둥을 연출하기 위해 표백 싸리에 빨간색, 노란색으로 염색하여 아래에서 위까지 불꽃처럼 구불구불 표정을 잡아서 바람이 스치듯 넣었다.

소재가 큼직큼직해서 몇 번 손이 안 가고도 뚝딱 만들어지고, 보기도 화끈하니 그 동안의 피로가 풀리는 듯했다. 제전을 올라가는 계단 양옆으로 가로 3m와 세로 6m 크기의 작품들은(양 두 마리, 예수성심과 성모성심 그리고 불기둥 두 개) 틀을 만들어 땅바닥에서 완성시킨 후, 힘깨나 쓰는 장정들을 동원하여 높은 장소로 옮겨 설치도 하고 마무리 청소까지도 도움을 받았다.

　　방 수녀 팀은 '영정 꽃가마'를 만들었다. 핑크, 보라, 하얀색의 별꽃과 진분홍색의 패랭이꽃, 노랑 분홍의 스타치즈 꽃 등, 주로 작은 꽃으로 아담하게 꾸몄다. 색이 잘 어울리는 꽃을 배합하여, 삼 단계 수법으로 만들었는데, 손끝의 정성이 그대로 잘 드러났다. 보면 볼수록 예쁜지 구경꾼도 늘어갔다. 오늘의 주인공인 순교자 103인의 순교자 영정을 모시는 꽃가마이니 당연한 것이 아닐까. 김 골롬바 팀은 제대 양옆을 극락조화, 금잔화, 노란 소국으로 노을빛 색 조화를 표현하고 데이지 꽃과 염란으로 라인 구성을 강하게 한 것이 특이했다. 바람과 햇빛에 꽃의 표정이 흔들린다며, 파라솔까지 펴서 막아주는 세심한 정성을 들였다. 그런데, 제대 아래 넓은 공간을 무궁화꽃으로 텃밭같이 만들기로 한 부분을 크게 실수한 것이 잊혀지지 않는다. 소재가 부족하여 바닥이 보였던 곳을 메워야 된다는 충동이 생길 만큼 그 당시 충격을 받았다. 무궁화 꽃밭은 계획에 없었던 것을 갑자기 꾸미게 되었다. 무궁화 소재가 부족한 것을 구입하느라 신경을 쓰고, 무궁화 심는 것은 누구나 할 수 있다고 생각되어 소홀하게 생각했던 것이 문제였다. 각자 분담한 일이 끝나면 공동체 정신으로 함께 무궁화를 심기로 했었는데, 거의 완료되었을 것이라고 믿었던 무궁화 꽃밭이 예상 밖으로 텅 비어 있는 것이 아닌가. 이럴 수가… 황당하고 앞이 캄캄했다. 늦은 밤중까지 꽃 상점을 뛰어다니며 모아들인 봉사자들 얼굴이 떠올랐다. 그보다 더 민망한 것은 순교자 성인영정 꽃가마가 무궁화 꽃밭이 아니라, 그냥 맨 마룻바닥 위에 놓인다는 것을 용납할 수 없었다. 통행금지가 있어 각자 슬금슬금 귀가한 모양이다. 온종일 양옆에서 함께 꽃을 꽂았던 한

실비아와 박 세실리아가 피곤한 몸으로 최선을 다해 무궁화 꽃밭을
만들기 시작했다. 순찰하는 아저씨나 청소하려고 기다리는 분들께
도 도움을 청했다. 새벽이 훤히 밝아오는데 무궁화는 이미 동이 나
고, 밑받침 할 푸른 잎조차 없으니, 땅에 난 풀잎들을 뜯어서, 속살만
안 보이게 메웠다. 나는 지쳐서, 끝내는 네 발로 기며, 손가락으로
꽂는 것이 아니고 얹어만 놓았다. 그랬는데도 훤하게 빈자리가 많아,
풀색 보자기나 스카프라도 있으면 덮어놓고 싶은 심정이었다.
 이윽고 날이 밝아오자, 여의도 광장 둘레에 대형 버스들이 줄지어
들어오기 시작했다. 순식간에 전국에서 모인 신자들이 넓은 광장에
가득 찼다. 지방 성당별로 전원이 한복을 입고 앉아 있는 곳은 자연
스럽게 찬란한 오색 꽃밭이 되었다. 우리는 옷이 든 가방을 찾을 생
각조차 못하여 막상 성스러운 대미사 때에는, 몰골이 말이 아니었다.
그래도 무궁화 꽃밭 덕분으로, 불기둥 앞자리에 앉아, 교황님을 가
깝게 바라보며 온갖 신비로운 행복을 느꼈다. 성체강복 전례를 하실
때는 교황님의 황금빛 모관과 영대에서 눈부신 빛이 내게 쏟아져 깜
짝깜짝 놀라기도 했고, 그 성스러운 모습은 마치 하늘에서 구름 사
이로 내려오신 하느님이란 환각 속에 빠져보기도 했다. 103위 성인
의 축시를 낭송할 즈음에는 갑자기 소낙비라도 내릴 듯 어두워지더
니, 천둥소리와 함께 검은 구름 속에서 밝고 영롱한 빛의 무지개가
뜨기도 했다. 어떤 자매는 무지개가 아니라 십자가라며 “와, 와!” 외
쳐댔고, 여기저기서 사진들을 찍느라고 플래시 불빛까지 깜박깜박
연출을 해서 잠시 웅성거리는 소동도 벌어졌다.
 우리는 함께 손을 꼭 잡고는 ‘파티마의 기적’ 같은 일이 이런 것이

아닐까 하고 공감을 확인하기도 했다. 그 때 마이크 확성기에서 "지금은 순교자 후손들과 교황님이 만나는 시간입니다."라는 큰 소리가 흘러나와서 환시를 보고 있던 행복한 꿈에서 깨어나게 되었다. 교황님이 서 계신 제대 위를 향하여 한복 차림인, 순교자의 후손들이 줄지어 불기둥과 예수 성심 꽃 계단을 거쳐 무궁화꽃밭이 있는 방향으로 걸어가는 모습을 보면서, 바로 저 후손들이 오늘의 기적을 이루었다는 생각이 뜨겁게 가슴을 달구어주고 있었다.

그렇게 1984년은 한국 가톨릭에 경사가 겹친 최고의 해였으며, 내게는 꽃을 통한 봉사의 보람으로 더없이 행복했었던 한 해였다.

구산 마을

　‘구산 마을’(경기도 하남시 망월동)은 서울 근교인 한강변 미사리 조정
경기장 옆에 있었다. 등잔 밑이 어둡다더니 이렇게 가까운 곳에 큰
성지가 있는 것도 전혀 알지 못했다. 올림픽 공원이나 잠실방면을
가느라고 88올림픽 도로를 많이 왕래하였건만, 이제야 알게 되어 무
심한 자신이 부끄럽기까지 했다. 멀리 보이는 마을, 그 앞쪽으로 무
성한 갈대밭과 반짝이는 한강물이 보였다. 마을 근처에 이르자, 뒷
산의 모양이 마치 거북이 같다고 하여 예로부터 거북 구龜 자와 뫼
산山 자를 써서 ‘구산’이라 불렀다는 인솔자의 말에 나지막한 산을
흥미 있게 쳐다보았다.

　교회사 연구동인회 80여 명은 2007년 10월 7일 오전 9시경 ‘구산성
지’에 도착했다. 옛 고향마을처럼 조성된 넓은 성지에 들어서니, 편
안하고 아늑한 느낌이 들었다. 입구에 있는 성모상이 마치 어머니가
문 앞까지 반갑게 마중 나오신 것 같았다. 우리는 ‘십자가의 길’을

걸어 올라갔다. 순교자들을 기억하는 기도 소리가 상큼한 하늘로 향했고, 곱게 물든 단풍들은 푸른 성지를 더욱 아름답게 장식해 놓았다. 자유로운 분위기로 여유 있게 걸으며, 설명한 표지판도 꼼꼼히 읽어보고, 사진도 찍어가며, 가을의 향을 누렸다. 불안에 떨며 초조하게 겪었던 순교자들도 아름다운 대자연을 바라보면서 얼마나 애통하였을까 상상하니 마음이 쓰렸다. 성체조배, 화살기도, 미사참례를 열심히 하면서 영적으로 풍요롭고 싶어진다. 준비된 마음에서인가, 연구실장의 역사해설이 실감나게 쏙쏙 귀에 들렸다.

구산 마을에 최초로 복음이 전파된 것은 1830년대 이전이었지만, 1836년 1월 파리 외방 전교회 소속의 모방 신부가 조선에 입국하면서 시작되었다고 한다. 이 고을의 김성우는 자신의 집에 작은 강당을 마련하고 모방 신부가 거주하며, 한국어와 한국 문화를 익히도록 하였다. 한편 모방 신부는 김성우의 독실한 신심을 보고 이 지역에 공소를 설립하고 회장으로 임명했다. 오랜 세월동안 사회의 변화와 박해의 고충에도 흔들리지 않고 교우촌으로서의 역사를 잘 지켜왔다. 6·25 전쟁 시기에는 원로 신부들이 피난처로 무사히 지낸 곳이기도 한데, 낮에는 사람의 키보다 더 크고 무성한 갈대숲 사이에 숨어 지내고, 밤에는 교우집에서 지친 몸을 쉬었다는 것이다.

이곳에는 현재 120여 세대와 5백여 명의 교우들이 살고 있는데, 이들의 신심은 '구산성지'가 형성되는 과정에서 크게 드러났다고 한다. 넉넉지 못한 살림에도 불구하고 성지개발의 필요성을 느낀 교우들은 농토를 조금씩 떼어 봉헌하는 방법으로 약 5,000평의 땅을 팔아 지금의 구산 성지 일대를 확보하였다고 한다. 이후, 1979년 구산

공소가 본당으로 승격되자 계속하여 교우들은 성지개발 사업으로 힘을 모았다. 이러한 노력의 결과로 1980년 성지 봉헌식이 거행되었고, 2000년 성지 조성을 마무리하였다고 한다.

현재 모셔져 있는 순교자는 김성우(안토니오), 동생 김만집(아우구스티노), 그 셋째 동생 김문집(베드로), 김성우의 외아들 김성희(암브로시오), 김문집의 맏아들 김경희, 김만집의 둘째아들 김차희, 김윤희(김성우의 조카), 최치원의 후손 최지현(휘두), 이들 모두 구산에서 출생한 분들이다. 특히 최지현과 심칠여 순교자를 제외하고는 모두 김성우 성인의 일가이다. 이 가문이 구산 마을과 천주교가 최초로 한국에 정착하는데, 역사적 영향을 끼친 중요한 곳이라는 것을 알게 되었다.

구산성지 입구에는 왕관을 쓰고 아기 예수님을 품에 안고 계신 '도움이신 성모 마리아'상이 있다. 이 성모상은 구산성지와 구산본당 초대 주임 신부를 역임한 고故 길홍균(이냐시오, 1931~1988) 신부가 꿈에서 본 성모님의 모습을 바탕으로, 김세중(프란치스코) 화백이 조각하여 1983년 10월 축성식을 가진 작품이다. 정문에서 우측으로 조금 걸어가면, '안당문'이 있는데, 안당은 '안토니오'의 옛 한자를 의미하며, 김성우 성인의 묘역이 있는 곳이다. 성인의 무덤과 묘비가 있고, 길 한쪽으로는 '십자가의 길' 14처가 있다.

그리고 깊숙한 안쪽으로 있는 육중한 기념 성당으로 들어갔다. 성당 창문은 순교자들이 목에 썼던 칼, 곤장, 치도곤의 그림으로 천상과 지상을 잇는 끈을 상징하고 있는데, 성인 묘역을 지나 성당에 들어가는 순례객들이 천국에 이르는 길을 자연스럽게 묵상하도록 세심하게 만들어졌다.

성인 묘역 뒷담 너머에 옹기 가마 코너를 만들어 놓은 것을 볼 수 있다. 향토 문화재로 지정된 구산성지는 옛 순교자들이 박해를 피해 옹기를 만들어 생활하고 전교하던 모습을 표현한 것이라 생각되었다. 김성우의 가족과 친지 순교자들의 묘역이 있는 갈대숲과 밤나무 길을 따라 나지막한 산으로 올라갔다. 이 묘소들은 애기 묘같이 작고 소박하며 촘촘하게 옹기종기 모여 있었다. 무성한 갈대숲으로 숨겨져 지금까지 보전된 것이 아닌가 하는 생각이 들었다.

구산 지역은 순교자들이 피를 흘리며 순교한 지역은 아니다. 그러나 1784년, 경기도 양근 일대가 천주교회가 제일 먼저 터전을 잡은 곳이고, 진산사건으로 교인들이 흩어지는 상황에서도 이 지역만은 계속하여 교회의 역사가 이어진 곳이다. 천주교인들이 대를 이어가며 살아온 이 교우촌이 200여 년에 이른다는 점에서 교회사적으로 많은 의미를 갖고 있는 지역이다. 아울러 김성우 성인의 후손들이 대대로 이 지역에 거주하며, 순교자들의 묘소를 가족묘지에 이장하고 보존하여 그 옛날 박해시대의 자취가 원형대로 가장 잘 남아있는 곳 가운데 하나로 꼽히고 있다.

구산성지! 그토록 가까운 곳에 있는 성지도 모르고 지냈으니, 불타버리고 난 다음 안타까워하는 숭례문의 처지가 되지 않도록 우리 모두가 자주 찾아보고 소중하게 관리해야겠다는 생각을 새삼 해 본다.

'음식' 콤플렉스

'음식'을 주제로 글을 써 달라는 부탁을 받았다. 이 글을 써야 할지 말아야 할지 한참 고민을 하였다. 하필이면 '음식'이라니…….

지금은 우리 온 식구들에게 음식 못한다는 소리는 안 듣고 있는데……. 이제 와서 꼭꼭 숨겨 두었던 나의 음식 콤플렉스를 털어 놓자니, 새삼스레 신혼 초의 실수들이 되살아나는 듯이 생생하다.

1960년에 결혼하여 한 달쯤 지났을 무렵, 주일 아침이었던 것 같다. 아직도 서먹서먹한 부엌에 들어서니 연탄불 위에 있는 양은 밥솥에서 물이 설설 끓고 있었다. 밥을 급히 할 생각으로 서두르다가 뜨거운 물에 쌀을 넣고 무심히 물 대중을 하려고 손을 넣다가 '악!' 소리와 함께 기절을 할 뻔한 일부터 생각이 난다. 조기 매운탕을 한다고 비늘을 긁지 않은 조기와 쑥갓, 야채, 고춧가루, 파, 마늘을 동시에 넣고 푹푹 끓여 곤죽이 된 조기 탕을 상에 올렸던 일도 있었다. 명절날 떡만두 음식을 만들 때 있었던 일이다. 두부, 배추김치, 숙주를 다져서 쇠고기와 섞은 다음 소금, 파, 마늘, 후춧가루, 참기름을 넣고 버무려야 할 만두소는 당황하여 잊어버리고 간도 하지 않은 고기만 덜렁 넣은 만두를 만들어 내놓았다가 속이 딱딱하다고 찌푸렸던 시누이의 얼굴도 떠오른다. 김치를 담근다고 소금에 절인 배추를 씻지도 않은 채 그대로 담가서 짜디짠 짠지를 만들어 놓던 일 하며, 계속해서 실수한 장면들을 생각하면 지금도 민망스럽고 창피하다.

그 이후, 내 음식 솜씨에 놀란 시어머님은 내게 음식은커녕 밥하는 일도 시키지 않으셨다. 뿐만 아니라, 음식이라면 아버님보다도 입이 까다로운 남편은 나의 음식 실력을 알고부터는 어머님 앞에서 음식 탓 안하고 조용히 죄인처럼 음식을 들던 모습이 떠올라서 미안하다. 언제인가 요리 연습을 한 듯한, 나의 천연색 음식을 껄껄 웃으며 맛이 있다고 칭찬해 주던 남편 음성이 들리는 듯하다.

실수를 거듭한 나는, 자신이 없어서 평일에는 직장을 나간다는 핑계로 가급적 음식을 하지 않고 지냈다. 그러나 주일이면 부엌을 피하고 청소만 할 수도 없고, 정말이지 괴로웠다. 눈치를 챈 어머님은 어느 날 부엌으로 오라고 하시고선 직접 음식은 시키지 않으시고, 이것저것 심부름만 시키시는 것이었다. 졸졸 따라다니면서 거들기만 하는 일이었지만, 그렇게라도 해서 차츰 부엌에 들어갈 수 있다는 것이 왠지 좋기만 했다.

부엌을 드나들면서 서서히 현실을 깨닫게 되었다. 결혼을 하면서 왜 음식할 생각을 전혀 해 보지 않았을까, 어디서부터 잘못된 것일까. 친정어머니는 왜 늘 바느질과 음식은 배우지 말라며, 여자가 손에 물 안 묻히고 살려면 공부를 해야 한다고 하셨을까. 나는 유치원을 다니던 일곱 살 때, 어머니가 항상 계시는 부엌을 자주 들어가기를 좋아했다. 아궁이 앞에 앉아 불구경을 하는 것도 재미있고, 까만 무쇠 솥에서 나오는 밥 냄새가 좋아서였다. 그런데 어머니는 어느 날부터 곁에 앉아 있기를 좋아하는 나를 모질게 방으로 쫓아버리시곤 했다. 그리고는 공부 많이 해서 아버지처럼 훨훨 밖으로 돌아다니라든가, 여자는 손이 곱고 귀하게 커야 대접받는 부인이 된다든지, 어려운 공부를 하고 나면 음식은 쉽게 할 수 있다면서, 큰딸인 나를 마냥 귀하게만 키우셨다. 지금 생각하면, 아마도 여자는 결혼하면 평생 남편과 시집 식구를 섬기는 일에 쉴 틈이 없으므로 결혼 전까지만이라도 음식이며, 가정 일에는 참여하지 못하게 하신 것 같다.

어느 날부터 시어머님 식의 깍두기와 오이소박이는 내가 해야 하는 몫이 되어 갔다. 깍두기는 단단한 무를 사방 2센티 정도로 반듯하게 잘라서 일주일 간 먹을 양 정도만 고춧가루와 빨간 풋고추로 물들인 후, 곱게 다진 파, 마늘과 설탕을 약간 넣고, 새우젓으로만 심심하게 간을 맞춰 적당히 익힌다. 남편은 그 이후로는 식사가 끝날 무렵이면, 새콤달콤하고도 깔죽한 깍두기 국물을 먹어야 입이 개운하단다.

여름에는 오이소박이를 즐겨 드는데, 작은 오이를 5센티 길이로 잘라서 네 군데 칼집을 내어 소금에 절여서 자루에 넣어 맷돌로 눌러놓으면 쪼글쪼글하고 아삭아삭해진다. 오이 안에 부추는 넣지 않고, 곱게 다진 마늘, 생강, 파에 고춧가루와 설탕을 넣어 반죽한 것을, 대추 크기만큼만 오이 속을 넣는다. 이 두 가지의 김치 종류는 지금까지도 남편이 싫증을 느끼지 않는다.

남편은 어릴 적부터 어머님이 만들어 주신 산적을 좋아했다. 산적은 쇠고기를 다진 것에 파, 마늘, 깨소금, 설탕, 그리고 약간의 간장과 참기름을 넣어 무친 고기를 창호지에 얇게 발라 석쇠에 구워 놓으면 된다. 그러면 남편은 화가 나는 일이 있다가도 싱긋 얼굴에 웃음이 번지곤 했다. 세월이 가면서, 실습으로 고생은 좀 하였지만, 차츰 "공부보다 음식이 쉽다"는 친정어머니 말씀이 옳다는 생각이 들었다.

부엌에서 가장 힘들었던 것은 음식보다도 연탄불을 시간 맞추어 갈아주는 일이었다. 특히 레일로 된 연탄 화덕을 갈아 넣었을 때, 통행금지 직전에 한 잔하고 귀가하는 남편의 밥상을 차리는 일은 무척 힘들었다. 연탄 레일을 끌어내어 부엌 바닥에 불이 있는 쪽으로 뒤집어 놓고, 독한 연탄 냄새를 맡으며 찌개가 데워질 때까지 추위를 참고 기다리는 일은 정말 짜증스러웠다. 남편은 밖에서 아무리 좋은 음식을 대접받았을 때라도 꼭 집에서 다시 식사를 하는 습관이 있어서 귀찮았는데, 남편은 눈치도 없이 당당한 태도였다.

1970년 초 남편이 일본 주재원으로 근무하게 되어 신주꾸에 살았을 때의 일이다. 우리 가족은 일요일이면 동경 록본기 성당에서 주일 미사를 본 후, 각지에서 온 교우들과 친교를 맺는 즐거운 시간에 꼭 참석하곤 했다. 그 해 마침 부활주일 행사로 대미사가 끝난 후, 교우들과 교포 어르신들을 초대하는 '잔치'를 계획해 놓았으나, 음식을 만들 수 있는 희망자를 광고해도 서로 눈치만 보고 있었다. 대부분 직장인이 많았고 그밖의 사람들도 유학생들이거나 잠시 드나드는 신자들인 까닭이었다. 나는 결혼 초부터의 '음식' 콤플렉스로 전혀 참여할 의사가 없었는데, 그날만큼은 정말 내 정신이 아닌 것 같았다. 나의 내면에서 '예수님은 빵 5개와 물고기 2마리로 5천 명을 먹이시는 기적'을 일으키셨다는데, 내게 한국음식을 대접할 수 있는 기회와 용기만 주신다면… 문제없다.'는 생각이 들어 번쩍 손을 들게 된 것이다. 깍두기와 오이소박이, 그리고 전 종류를 만들어 오겠다고 나의 뜻을 알렸다.

그 행사가 끝난 이후부터 나는 졸지에 음식 솜씨가 뛰어난, 데레사 자매로 인사를 많이 받게 되었다. 뿐만 아니라, K와 L가수는 깍두기를 먹기 위해 나의 집을 자주 들르기까지 했다. 결혼하고, 곧 일본지사로 오게 되었다는 신혼부부도 깍두기 담그는 실습을 하기 위해 찾아오기도 하였다. 새댁은 필기할 도구와 무 2개, 파, 마늘, 그리고 한국에서 가져왔다는 고춧가루를 꺼내놓았다. 그리고는 친정언니께서 자기가 시집가면, 평생 김치 담가 주겠다고 약속했는데, 외국으로 오게 되어 큰 걱정이라며 찾아온 사유를 말했다. 수학을 전공해서인지 깍두기 무를 사방 2센티 크기로 정확하게 자르려고 노력하는 그녀의 아름다운 모습이 지금도 재미있게 선명히 떠오른다.

큰딸과 두 아들은 엄마의 '음식' 콤플렉스를 전혀 모르고 있다. 어린 시절 성당 행사 때마다 음식 봉사하는 엄마의 모습이 요리선생쯤으로 각인된 것 같다. 삼남매가 결혼하여 중년을 넘어서도 나의 음식이 생각나면 전화를 걸어온다. 그러면서도, 좋은 음식이 많고 편리한 시대에 살면서 변하지 않는 아버지의 식성이 어머니를 힘들게 한다고, 나를 위해 주는 척 한다.

얼마 전에 남편은 전에 살던 혜화동 옛 동네를 산책하고 왔다고

했다. 어머니가 그리운 듯 한동안 말없이 앉아 있는 모습이 가슴을
찡하게 울렸다. 무더운 날씨였지만 저녁 밥상을 차리면서 깍두기,
오이소박이, 산적, 명란젓, 조개찜을 상 위에 올렸다. 소주잔까지 곁
들였더니 남편은 어느 새 어머님의 얘기로 화기가 넘쳐흐르는 식사
를 하는 것이었다.

최찬희

changi1658@hanmail.net

수필가
중앙대학교 대학원 현대문학 전공
중앙대학교 산업교육원 에세이 전문가과정 수료
이음새문학회 회장 역임

내 안의 그리움

　제목이 「죽어도 좋아」라는 영화가 있습니다. 처음 제목만 들었을 때는 열정적인 젊은이들의 사랑 이야기려니 생각했는데, 실상 내용은 칠십대 노인의 사랑 이야기입니다. 얼핏, 노부부의 성애 장면이 사뭇 낯선 이질감을 느끼게도 하지만, 영화가 중반부를 넘어서부터는 애틋한 사랑의 감정이 젊은이들 못지 않았습니다. 타다 남은 잿더미에서 한 줄기 연기가 피어올라 새로운 불씨가 되듯, 인생의 황혼기에 찾아온 사랑이 진솔하게 펼쳐집니다.

　또한 죽은 처녀와 이승에서 못다 이룬 사랑을 못 잊어하는 「만복사 저포기」의 이야기나, 최근의 영화 「사랑은 내 운명」에 관객이 몰리는 현상에서도 알 수 있듯이 사랑은 그렇게 생과 사, 나이를 불문하고 찾아오는가 봅니다. 어쩌면 죽음까지도 불사하는 진실한 사랑을 가지고 싶은 마음은 오늘을 사는 현대인들의 가장 큰 소망일지도 모릅니다.

　중국 명나라의 장대라는 사람은 십 년 동안 써 놓았던 글을 하루아침에 불사르고 다시 칠 년 동안 쓴 글마저도 다 태운 후, 비로소 자신의 글을 세상에 내놓았다고 합니다. 그저 열심히 공부하여 썼던 글이 나중에 보니 자신의 글이 아니라서 태웠다는 변(辨)이 따랐을 뿐입니다. 자기만의 고아한 문체를 만들어내야 하는 작가들이라면 깊이 새겨들어야 할 대목이겠지요. 돌아다보니, 자신의 글은 없고 남의 모방만 해왔다는 것을 깨달음은 곧 자신의 참모습을 발견했다는 말일 것입니다. 그만큼 자기 자신을 안다는 것은 얼마나 어려운 일인가요.

　문학을 하는 사람들에게서 흔히 들을 수 있는 말이 있습니다.

　"단 한 편만이라도 좋으니 정말로 문학적 향기가 있는 좋은 글을 쓸 수만 있다면 당장 죽어도 여한이 없겠다."

　생각해 보면, 그 또한 죽을 만큼의 신념이 있는 사랑을 말함이겠지요. 그것은 어쩌면 자신에 대한 연민일지도 모릅니다. 기실, 문학은 자신에 대한 모색이 아니던가요. 그것은 구원이나 해탈의 경지를 기구하는 종교와는 또 다른 차원의 추구입니다. 또한 저 혼자 무르익는 마음속의 그리움처럼 외롭고 고독합니다. 차고 넘치지 않는 바위 밑 샘물처럼 끝없이 솟아나는 그리움….

　바라건대, 한 자 한 자 적어 나가는 나의 글 속에서 그 그리움이 솔향기처럼 묻어나길 소원합니다. 혹, 그 속에 진솔함이라도 은은하게 배어난다면 더없이 고마울 것이고, 그 향기에 타인의 아픔까지 녹을 수 있다면 나는 진정 기쁨에 눈물 흘릴 것입니다.

　그러나 내게 아직 그 꽃이 피어나지 못함은 죽을 만큼의 사랑을 해보지 못함이겠지요.

김나경

mind0903@hanmail.net

본명 김희경(金熙慶), 한양대 교육대학원 졸업,
2001년 순수문학으로 등단, 순수수필작가회, 한국문인협회 회원
현 이음새 수필문학회 회장, 분당 송림중학교 교사로 재직중
E-mail: mind0903@hanmail.net

그림과 함께 시간 속으로

현대미술관에서 사온 그림 복사판이 거실 벽에 하나 걸려 있다. 흰 바탕의 유리 액자 속에 농도 짙은 푸른 물과 그 위로 작고 흰 꽃송이들이 점점이 떠 있는 그림이다. 아마도 인상주의 화가, 모네의 '수련Ⅱ'일 게다. 집에 들어섰을 때 그 물의 푸름이 지친 몸과 마음을 부드럽게 풀어주고, 냉수라도 한 모금 마시고 나면 비로소 그 꽃들을 보고 미소 지을 수 있게 된다. 비록 진품은 아니지만 우리 식구들에겐 친근한 존재이다.

어렸을 때에 서울 변두리의 우리 집 마루방에도 그림 한 점이 걸려 있었다. 개량한옥의 분합문을 열고 들어가면 오른쪽에 할아버지 방이 있었다. 초콜릿색 문살 위에 하얀 창호지를 바른 방문 옆으로 회색빛 나무 액자가 위엄을 지켰다. 그것은 늘 그 자리에 있어왔으나, 나는 초등학교 4학년 때에야 비로소 그림의 존재를 느끼기 시작했던 것 같다. 처음에는 공들여 조각한 듯 세심한 문양이 돋보이는 회색 액자가 내 눈에 들어왔다. 그러고 나서 마치 물위로 떠돌던 공이 물살에 흐르듯 그 액자 속에 담긴 유화가 나에게로 왔다.

어느 높은 산에서 그린 것일까. 그림의 오른쪽 아랫부분에는 비탈진 산봉우리에 아슬아슬하게 서 있는 소나무 가지가 뻗어있고, 왼쪽 위로는 무성한 나뭇가지가 조금 보이며 나머지는 온통 구름이 햇살을 삼키며 비껴가는 하늘이었다. 그 하늘과 검푸른 나무는 칙칙하기까지 했다. 흰 빛깔로 구름 빛이 살짝살짝 끼어있지 않았다면? 아마도 그것은 장엄하면서도 애수에 차 있는 슬픈 얼굴로 나를 한없이 슬픈 망상의 세계로 끌고 갔을 것이다. 멋진 액자 때문인지 그 후론 학교에서 돌아와 "다녀왔습니다!"를 외칠 때마다 어느새 고개는 오른쪽으로 돌아가 그 그림에 눈이 맞춰지곤 했다.

아버지의 이종 사촌 형님께서 그 그림을 그리셨다. 어른들 말씀하시는 걸 들으니 그분은 한국전쟁 당시 부산에 피란을 가서 끼니를 잇기 위해 그림을 시작했다고 한다. 풍경화를 그려서 팔았는데, 외국 사람들에게 꽤 인기가 있어서 쌀을 가마니로 들여놓고 살았다고 한다. 그러나 전쟁이 끝나고 서울로 돌아오면서 아저씨의 그림은 빛을 잃어갔다. 우리 아버지처럼 키가 크고 잘 생기셨던 아저씨는 과묵하셨다. 하지만 일단 술을 드시고 기분이 좋아지면 집안에 울릴 정도로 호탕하게 말씀을 잘하셨다. 할아버지와 아버지께서는 그런 아저씨를 아주 좋아하셨고, 어린 동생들은 어른들 흉내를 내면서 '홍자 아범'이라고 부르다 혼이 나기도 했다.

내가 중학교에 입학하여 다니던 어느 날 아저씨께서 오랜만에 집에 들르셨다가 벽에 걸린 자신의 작품을 보셨다.

"야아, 이게 아직 있네. 내 그림을 이렇게 대접해 주다니. 이건 내가 가져가고, 다시 하나 그려 줘야겠어. 응, 하하하!"

그리고 정말 얼마 있지 않아 새 그림을 그려 오셨다. 금빛의 화려한 나무 액자 속에는 야트막한 언덕 밑에 진분홍 진달래꽃인지 철쭉꽃인지가 군락을 이루고 있는 풍경화였다. 새 그림을 걸어놓으니 벽면에 온통 꽃 잔치가 벌어져서 집안이 다 훤해졌다. 식구들은 물론이고 오는 사람마다 그림 좋다고 한마디씩 했다. 나도 새 그림의 꽃에 푹 빠져서 아저씨가 갖고 가신 예전의 그림은 잊어버렸다.

그런데 어찌된 일인지 시간이 갈수록 그 화려한 그림보다 고색창연했던 전 그림이 그리워졌다. 알 수 없는 일이었다. 그러는 동안 아저씨가 갑자기 돌아가셨다. 세월이 흘러 몇 번의 이사 끝에 나중 그림마저 없어졌다. 그림이 없어진 걸 알고 식구들이 이삿짐을 서둘러 정리하며 샅샅이 찾아보았으나 허사였다. 한동안 아저씨에 대한 미안함으로 거실의 벽면은 비워져 있었다. 그러다가 다시 요즘은 모네의 그림으로 마음을 달래고 있는 것이다.

지금도 눈을 감으면 마루방 한 쪽 벽에 걸려 있던 그 그림이 아슴푸레 떠오른다. 그림과 함께 지나간 시간 속으로 돌아가는 길은 언제나 즐겁다. 초록빛 숲이 연이은 산 속 오솔길을 천천히 걷는 기분이 된다. 구름이 비껴가는 하늘은 평화의 노래를 나직하게 부르고 있다. 그림 속에서처럼 높은 산 위에 올라 내려다보는 세상은 너무 작아 아무것도 보이지 않는다. 방금 전까지 부뚜막의 물솥처럼 끓던 마음이 슬며시 가라앉는다. 세상 속의 아주 작은 나, 보이지도 않는 존재인 나를 생각하며 하늘을 응시한다. 바람조차 머물고 있는 그 시간 속에서 이리저리 엉키어 몰려다니던 내 마음도 어느덧 차분히 가라앉아 한 곳에 머문다.

그림은 그림으로 있을 때 진정 아름다운 것이다. 그런데 요즘은 그림도 마치 부동산처럼 경제적 가치로 여겨 사재기를 하는 사람들이 있다고 한다. 모 화가의 그림은 아들까지 관련되어 위작 여부로 시끄럽고, 그런가 하면 모 기업에서 사들였다는 억대의 그림 행방을 찾느라 야단법석이기도 하다. 왜들 그러는지 안타깝기만 하다. 이런 북새통에 관한 보도를 접할 때면 어김없이 아저씨의 그림들이 떠오른다.

내가 자랄 땐 주변에서 아이들을 그림전시회에 데려가는 일이 드물었다. 나도 고등학생이 되어 국전을 보러 가기 전에는 그러했다. 어려서부터 그림을 보았기에 자연스럽게 좋아하게 된 것은 아닐는지. 전공과는 무관하나 보고 싶은 전시회가 있으면 틈을 내서 가고 나름대로 풍요로운 시간을 만끽하기도 한다. 아저씨가 그림공부를 제대로 하지 않은 분이면 어떠리. 화가의 명성이 높지 않다고 해도 별 상관없을 것이다. 삶의 어느 순간에 우리에게 다가와서 위안과 힘을 주는 그림이라면 그것이 진정 좋은 그림이 아닐까 한다. 그림이 귀한 그 시절에 내가 아저씨의 그림을 만난 것은 누가 뭐래도 분명 행운이었던 것이다. 그림과 함께 시간 속으로 걸어가다 보면 아저씨께서 그림을 그리시다가 날 보고 껄껄 웃으실 것만 같다.

올해도 한 땀씩 수 놓듯이

나에게는 새해를 맞이할 때면 늘 떠오르는 어린 시절의 풍경이 있다. 언제나 정갈하게 치워진 개량한옥의 안방 작은 창문에 예쁜 커튼이 걸려 있던 장면이다. 커튼이 흔하던 시절이 아니어서 그것이 더 선명히 기억에 남아있는 것일까. 새해를 맞이할 때가 되면 약간의 긴장감과 기대감으로 마음이 설레며 그때의 기억이 새로워지곤 한다.

커튼을 만들기 위하여 어머니께서는 흰색의 옥양목이나 옥스퍼드지 같은 천을 준비하셨다. 마름질을 하고, 본을 뜬 뒤에 수틀에 끼워 어머니와 도란도란 이야기를 하며 꽃수를 놓았다. 한 땀씩 색실로 수를 놓을 때마다 마치 눈 속에서 꽃이 피는 것처럼 작고 귀여운 꽃들이 빨강, 노랑, 분홍, 보라, 남색 등 갖가지 모양과 색으로 피어났다. 그렇게 공들여 완성이 되면 깨끗이 빨아 약한 풀을 먹여 다린 후 방마다 창에 걸렸다. 그럴 때마다 어둑신한 방안의 표정이 금세

화사한 웃음으로 벌어지던 것을 느끼면서 나는 마냥 신기하기만 했다.

성탄절이 다가오면 불교 신자인 어머니께서는 딸들의 성화에 못 이기는 척 함께 반짝이 종이나 색종이 등으로 '크리스마스 츄리(트리, 그 당시 아이들의 표현)'를 만들어 주셨다. 완성된 '트리'는 커튼 위에 우아하게 늘어졌고, 그것이 형광등 불빛에 반짝이는 모습은 언제나 아이들의 탄성을 자아냈다. 어머니와 우리 자매들이 공동으로 만들어 낸 이 합작품은 어린 시절을 상징하는 아름다움으로 늘 내 마음을 풍요롭게 한다.

그 당시 우리 집에서는 음력으로 설을 지냈기 때문에 신정 음식을 만들지는 않았다. 그러나 한 해를 맞이하는 마음으로 집안 곳곳에서 대청소가 이루어지고, 묵은 빨래 하나 없이 빨고 다려서 마무리할 즈음에는 영락없이 커튼이 걸리는 것이었다. 우리들의 '츄리'는 사라지고, 깨끗이 닦인 창문 위로 잘 다려진 커튼만 하얗게 빛났다. 커튼의 밑자락에는 수놓아진 꽃들이 서로의 모습을 자랑하는 듯 더욱 도드라져 보였다.

훗날 내가 교사가 되어 방학을 맞이했을 때, 하나 둘씩 날아들기 시작했던 카드와 연하장들은 어린 시절의 그 아름다운 풍경처럼 나를 즐겁게 했다. 나를 위한 감사의 말과 소망의 말들을 가슴 벅차게 읽으면서 나는 커튼의 꽃수를 떠올렸다.

제자들이 마치 한 땀 한 땀 수를 놓듯 나의 얼굴을 떠올리며 크리스마스 카드나 연하장을 골라 글을 썼을 것만 같았다. 나를 생각하며, 나를 위하여 여러 번 망설이다가 골랐을 그 종이 한 장의 체온.

그것을 느껴 본 사람들은 그 가슴 뭉클하게 차오르는 따스함을 알리라. 그런 생각이 들면 하나하나가 다 소중하여 어느 것 하나도 허투루 다룰 수 없었다. 책장이든 텔레비전이든 어디든지 공간만 있으면 카드를 펴서 일렬로 세워 놓고 그것들을 오가며 감상하고 또 감상했다. 그래서 나의 신년은 늘 설렘과 감사의 마음으로 시작되곤 했다.

그 중에 멜로디 카드가 늘 있었다. 나처럼 교사가 되기를 바라던 한 제자가 그의 중고등학교 시절 내내 멜로디카드를 보내 왔던 것이다. 카드에 표시된 부분을 누르면 신나게 울려나오던 성탄 축하 노래들. 나보다도 어린 조카들이 그것을 더 좋아해 우리 집에만 오면 마구 눌러대는 바람에 그만 좀 하라고 성화를 댄 적도 있을 정도였다.

작년 겨울, 미국에 간 조카들에게 카드를 사서 보내려고 나갔다가 우연히 멜로디 카드를 발견하였다. 문득 그 제자 생각이 나서 사려고 했더니 다른 일반 카드 값의 몇 배나 되는 것이었다. 넉넉지 않았던 그 아이가 카드 진열대 앞에서 망설였을 모습이 그려졌다. 매년 그랬을 걸 생각하니 아주 오래 전 일인데도 새삼스럽게 고맙고, 그 따스한 마음이 불현듯 그리워졌다. 망설임 없이 비싼 멜로디 카드를 샀다.

그러나 미국에 부친 선물꾸러미 속에서 조카들이 그 카드를 발견해서 눌러봤을 땐 예상치 못한 일이 벌어졌다. 어렸을 때 이모네 가서 즐거웠던 추억을 떠올리며 "멜로디카드다!" 외치며 아무리 눌러도 멜로디가 들리지 않았다니… 화물칸에서 넘쳐나는 짐이나 소포

들에 눌려서 이리저리 쏠릴 때마다 신나게 연주를 해댔을 걸 상상해
보라. 카드가 얼마나 목청껏 노래를 불렀던지 정작 조카들에게 도착
했을 때엔 제 기능을 못했던 것이다. 급기야 멜로디가 없는 멜로디
카드는 웃음보를 터뜨리기에 이르렀다. 그로 인해 조카들이 낯선 타
국생활에서 안개처럼 밀려드는 막연한 불안감도 다소 떨칠 수 있었
다고 한다. 전화로 그 사연을 듣던 나도 "어머, 어머!" 하다가 마침내
한바탕 웃게 되었다.

　언제부턴가 아이들은 물론이고 어른들도 카드나 연하장을 잘 보
내지 않는다. 언제든지 생각나면 휴대전화로 문자 메시지를 보내면
다 되는 줄 안다. 혹은 전자우편으로 누구에게나 동시다발로 보내기
도 한다. 거기에는 예전의, 한 땀씩 수를 놓듯 카드를 고르던 정성이
느껴지지 않는다. 받을 사람을 떠올리며 이걸 살까, 저걸로 할까 망
설이는 즐거운 갈등이 없다. 카드를 고르고, 상대방을 생각하며 쓸
구절을 궁리하다 한 땀씩 수놓듯 또박또박 힘주어 쓰는 즐거운 손노
동도 없다. 하고 싶은 말을 고르고 골라 쓴 뒤 그래도 뭔지 미진하다
는 느낌의 여운을 담고 보내는 그런 마음의 여백도 없다. 그저 생각
날 때 보내고, 받아보면 지워버리는 일회적인 신년 인사뿐이다. 그
래서 우리들 마음엔 어쩌면 서로의 마음을 두고두고 곱씹으며 키워
내는 정성도 메말라 있는 것은 아닐까.

　나는 올해에도 새해를 앞두고 지난 시절의 즐겁고 아름다운 기억
들을 떠올리며 연하장을 고르려 한다. 이번에도 여전히 문자 보내기
나 전자우편 보내기 등으로 새해를 맞이하는 사람들이 많을 것이다.
그렇지만 나는 내가 좋아하고 사랑하는 이들을 위하여, 그들을 떠올

리며 살뜰하게 내 마음을 골라 보내고 싶다. 어린 시절 한 땀 한 땀 정성으로 수를 놓아 멋진 커튼을 만들었듯이 따스한 마음을 수놓아 보내고 싶다. 고맙게도 '새해' 하면 여전히 내 가슴에 설레는 긴장감과 기대감으로 다가오는 그 오래 된 마음속 풍경이 있으니까.

킹과의 달리기

견공犬公 이야기를 하자면 나는 별로 할 말이 없다. 개를 길러 본 적도 거의 없거니와 태생적으로 유별나게 그들을 무서워했기 때문이다. 예전엔 왜 그렇게 동네마다 '개조심 주인백' 이런 표지판을 붙인 대문이 많았던지 두렵기만 했다. 어릴 때 나는 길을 가다가 개를 발견하면 그 순간부터 어찌할 바를 모르고 우왕좌왕하기 일쑤였다. 어쩌다 코를 킁킁거리며 따라오는 기색이면 절대 뛰어서는 안 된다는 '맹견 퇴치 안전 규칙 제1호'를 되뇌며 뒤도 안 돌아보고 색시걸음으로 가느라 진땀을 빼곤 했다.

우리와 가깝게 지내던 아랫집에서는 개를 여러 마리 키웠다. 그 집은 우리 집보다 크고 넓었다. 한 일 자로 길게 지어진, 뜰이 넓은 그곳. 당시로서는 귀했던 텔레비전이며 냉장고가 있어서 동네 아이들은 다 가보고 싶어했다. 그러나 나는 전혀 가고 싶지 않았다. 아침마다 학교 가느라 우리 집 대문을 활짝 열고 나가기만 해도 벌써 아랫집에선 '킹, 센, 앤' 등으로 불리던 여러 마리의 개들이 동시에 마구 짖어댔다. '멍멍, 컹컹' 그 소리들을 들으면 마치 보이지 않는 담 저편에서 그들이 나를 향해 뛰어오를 것 같았다. 그리곤 꼭 나를 꽉 물 것만 같아서 없는 달리기 실력까지 발휘해야 했기 때문이다.

아랫집 아저씨는 개성에서 피란 와서 일가를 이루신 분이었다. 점 잖고 박식했던 분으로 연세가 많으셨다. 막내아들 기덕이는 누나 둘 밑으로 어렵게 얻은 귀한 자식이라 했다. 꼬챙이처럼 마른 아이였다. 얼굴은 하얗고 머리는 노래서 동네 아이들에게 '양키'라고 놀림을 받곤 했는데, 초등학생인 우리 자매들은 그때마다 그 아이의 방패가 되어주곤 했다. 그런 날이면 아랫집 담 너머에서 "형님!" 하고 부르는 소리가 들리고, 개성식 장떡이나 오징어 튀김, 여름이면 얼음 한 대접씩이 넘어오곤 했다. 그러면 어머니께서는 후딱 기덕이가 좋아하는 부침개를 뜨끈뜨끈하게 부쳐서 "아우님!" 하시며 담장 너머로 넘기곤 하셨다.

그러던 어느 날, 아랫집 아주머니가 나를 꼭 오라고 당부하셔서 어쩔 수 없이 내려갔다. 처음 방문하게 되어 조금 긴장도 되었지만 문제는 그 개들이었다. 틀림없이 낯선 나에게 달려들 텐데 어떻게 할까. 긴장 속에 동생과 대문을 들어서고 현관으로 가려는 순간 한 녀석이 내게 다가와 킁킁거리는 게 아닌가. 나는 '엄마야!' 소리와 함께 몸을 돌려 뛰기 시작했다. 뒤에서 "킹, 이리 와!" 하는 소리가 들렸지만 뒤도 안 돌아보고 달렸다. 뛰다가 고개를 돌려보니 이게 웬 일인가! 큰 개가 나를 따라오고 있지 않은가. "엄마아ㅡ" 나는 달리고 또 달렸다. 이젠 몇 마리가 더 합세했는지 여러 종류의 개 짖는 소리까지 들린다.

나의 몸에선 땀이 줄줄 흐르고 맥박수는 한없이 올라갔다. 동네를 한 바퀴 다 돌고 이젠 더 이상 뛸 수가 없어서 결국 나는 대문이 활짝 열려진 그 집으로 다시 뛰쳐 들어갔다. 마당에는 그 댁 온 식구가 나와 있었다. 나는 마루로 날다시피 뛰어올랐다. 오르면서 뒤돌아보니 마루 밑까지 달려와 멈춘 개가 헉헉거리고 있었다. 불꽃 튀는 눈빛과 길게 내민 혀 옆으로 보이는 날카로운 이빨… 땀으로 범벅이 되고 머리끝이 쭈뼛해진 내가 동생들 손에 끌려 안방으로 들어감으로써 그 엄청난, 한 번도 생각해 본 적 없는 견공과의 달리기를 끝낼 수 있었다.

그 날, 나는 맹견 퇴치 안전수칙을 어긴 죄로 많은 눈물과 땀을 흘리고 지청구를 들어야 했다. 그런데 이상한 것은 '킹'이라는 그 녀석의 행동이다. 아이들의 두 겹 세 겹 호위를 받으며 그 집을 나올 때, 놈은 나에게 달려들지 않았다. 제 집 앞에 의연히 앉아 물끄러미 쳐다볼 뿐이다. 동네 개 중에서 제일 영리하기로 소문난 개였다. 하지만 최고령 개라서 힘이 부쳤나, 아니면 주인의 으름장 탓일까. 나는 아무리 생각해도 알 수 없었다. 분명히 내 발 뒤꿈치를 물 수 있을 만큼 가까웠는데 왜 항상 그 거리였는지….

그 뒤에도 주인을 따라다니며 운동을 한다든지, 대문 앞에 그야말로 제 이름값을 하는지 왕처럼 위엄 있게 떠억 하니 앉아서 집을 지키는 녀석을 볼 때가 있었다. 나는 전의 그 기억이 떠올라 부들부들 떨리기까지 해서 오랫동안 그 집 앞을 못 지나고 빙 돌아서 살금살금 다니기도 했다. 어쩌다 녀석과 눈이 딱 마주친 적이 있었는데 짖지도 않고 나를 흘끔 쳐다보는 것이 마치 "나랑 한 번 더 달리기 내기해 볼래?" 하는 것 같아 나는 그만 눈을 내리깔고 슬그머니 그 자리를 떠났다. 가다가 궁금해서 뒤를 돌아보고 싶은 마음이 굴뚝같았지만 꾹 참았다. 아무런 기척이 느껴지지 않아도 쿵쾅쿵쾅 내 심장 소리는 확성기를 댄 것 같았다.

이제는 서울 거리 어디에서도 담 너머로 들리는 야밤의 개소리를 듣기 어렵다. 더구나 개를 조심하라는 글귀는 더욱. 나날이 높아져 가는 아파트의 어디엔가 편안히 자리 잡은 애완용 개들에겐 그런 안내판이 필요하지도 않을 것이다. 주인의 팔에 얌전히 안겨 눈만 깜박이는 개에게선 그 옛날 온 동네를 뛰던 킹의 위용이 느껴지지 않는다. 나를 그토록 혼쭐나게 한 '킹'이 자꾸 생각나는 건 또 무엇 때문일까.

육다휘

mam@sj-sw.co.kr

본명 : 영애
수원여고, 이화여대 초등교육과 졸업
일본 쇼케스류 꽃꽂이 4급 교사자격증 취득
현재 (사)꽃예술작가협회 〈꽃수레〉 부회장
〈문학마을〉(2004) 수필 등단
한국문인협회, 이대문인회, 문촌문학회 회원

봐!! 변돈

올 봄에 친구랑 미국 서부를 돌고, 그 다음 며칠은 자유롭게 LA에 사는 친구 고모 댁에 가서 셋이 같이 멕시코를 둘러 오자는 계획이었다. 그 고모네 가 있는 동안에 겪은 얘기다. 온 방안 곳곳마다 조금조금 쌓여 있는 물건들. 몇 년 전부터 쓴 전화번호부도 몇 권, 수첩도 몇 권, 영수증, 청구서들이 다 섞여 있다. 사진들과 그동안 살면서 받은 선물들로 구석구석이 차 있었다.

피아노, 소파, 장식장, 책상, 책장 속, 식탁위에도 사탕이나 먹을 것들로 빈자리가 없었다. 컴퓨터, 화분, 시계, 노트, 연필, 책, 화장품… 그 속에서 찾아낸 것만 해도 기적이라는 생각이 드는 쪽지를 한 장 가지고 고모는 입가에 웃음이 가득, 눈을 반짝이며 안방에서 나왔다. 우리는 하던 얘길 멈추고 누런 종이에 약간 삐뚜름하게 쓴 커다란 글씨를 보았다. '봐!! 변돈***'이라고 굵직한 펜으로 똑똑하게 써져 있었다.

"어머나, 이게 무슨 뜻이랍니까? 고모?"

내 친구가 물었다. 대답은 않고, 고모가 혼자 배를 쥐고 웃기 시작했다. 말을 쉽게 못 꺼냈다. 우리 둘은 궁금증이 동해서 고모가 앉은 곳으로 얼굴을 틀고, 엉덩이를 들썩여 조금 앞으로 자릴 움직거렸다. 웃기만 하는 고모 입만 주시하면서. 우린 서로 번갈아 가며 얼굴만 쳐다보고 있었다.

"고모! 혼자만 웃기요? 궁금해 죽겠네."

친구가 참다못해 소릴 질렀다.

"내사 몬살끼다… 와하하하 하하… 그게~에, 내가 아~ 저번에 하와이를 가는데 현금을 어디다가 숨카 놓고 갈지 극정이 태산인기라. 그래서~~어 혼자~아~ 머릴 굴리다가 내만 아는 암호를 적어 놓고 숨카아 놓고 갔지. 여행을 잘 하고 왔는데 아무리 찾아도, 찾아도 돈이 안 나오는 기라. 생활비도 없는데~에… 하며 계속 찾았어~~어. 근데 안 나와. 별수가 없어 작은 딸한테 전화를 해서 나중에 찾으면 줄 테니 돈 좀 빌려 돌라켔더니, 두웨뒈웨에 두두두… 하며 어찌나 말로 빨리 하는지 정신이 없었어. 잘 들어보니 엄마는 아무데나 둘 엄마가 아니니까 더 찾아보라면서 부쳐 준다…"

귀엽게 사투리를 군데군데 섞어가며 그때 일을 얘기해줬다. 혀를 굴려가며 입술을 모으고 하는 둘째 딸 말과 목소리 흉내에 우린 까르륵대며 웃었다. 그 딸이 성격이 괄괄하고 아주 깍쟁이라며 친구가 얼른.

"그래서요?" 했더니,

"암호를 어디다가 써 놓았는지, 돈은 어디다 숨카 놓고 갔는지 도통 알 수가 없는 거야. 한 달을 그렇게 찾다가 보니 머리는 아프고, 생활비 걱정은 태산이고, 점점 가슴이 답답해지고… 그래서어~ 알라스카에 있는 큰딸에게 사정을 얘기하니까, 엄마, 엄마는 잘 찾으면 언젠가는 찾아질 테니까 걱정 말라고… 너무너무 잘 둔 거라며 돈을 부쳐 줬어. 쓰레기 통 속도 다 뒤비고, 신문지 한 장도 못 비리고… 매일 밤, 20,000불 어디 있니? 이만 불아, 나와 도오~~ 하면서 기도를 했어어~~"

고모는 경상도 사투리 억양을 간간이 섞어가며, 심각한 얼굴로 계속 얘기를 신이 나서 했다. 완전 코미디언 이상이었다.

"그런데에~ 어느 날, 수첩 안에서 떠억 이 쪽지가 나온 거야. 이게 뭐야? 왜 이런 걸 써 놓았지? 아무리 생각해도 모르겠는 거야아~~ 연구를 했어. 뭘 보라는 걸까? 보는 게 왜 이렇게 중요하다고 느낌표를 두 개나 찍어 놓았지? 변은 뭘까? 눈에 힘을 팍 주며 들여다보기를 며칠 밤이 지나자, 어느 순간에, 아아, 이거 얏! 찾아보니 딱 거기에 있는 거야."

우린 고모 얘기 도중에 알아챘지만 그냥 서로 쿡쿡 찔러가며 기다렸다.

"아~~ 그게에~~ '봐'라, '변'기 있는 곳에, '돈'이 있을지어다! 라는 의미였지 뭐야. 이 쪽지를 본 사람이 모르도록, 나만 알게 한다고 한 자씩 써 놓고는…"

"기발한 아이디어였지만, 본인이 그 암호도 못 풀고, 암호 써 놓은 쪽지도 못 찾고… 처음엔 쪽지를 보고도 뭔지 모르고…"

와하하하하핫… 나는 눈물을 찍어내며 웃어댔다.

"암튼 대단한 고모예요. 그러니 이 물건들 좀 정리하면 안 되나요?"

"안 돼~에~. 뭔가 뭔지 잘 모르는데 버렸다가 우얄라꼬? 이런 중요한 쪽지가 또 있을지도 모르잖아."

맞아, 맞아, 하며 우리 셋은 또 웃어 재꼈다.

'아, 지금 내가, 나만 알게 뭘 해 놓아도, 못 찾고마는 나이가 되어가고 있는 거로구나…' 쓸쓸하고도 허전하고, 스산스러운 바람이 마음속을 조용조용 스며들었다.

'아, 어쩌나… 저 고모가 내 앞날의 모델인 것을, 저 뒤를 따라가고 있는 것을. 싫어도, 안 그러려 해도 쓸데없는 것을. 완전 보물찾기 식이군.' 그런 생각에 잠겨 있는데,

"고모 한 턱 내요, 그렇게 횡재를 했는데."

친구가 한 소리 하자마자, 나이답지 않게 선뜻,

"그래, 나가자, 맛있는 거 먹으러 가자." 우리가 말만 꺼내면 선선히 앞장서서 우릴 데리고 나선다. 패션도 최고고, 마음씨도 앙증맞고, 뭐든지 잘 베푸는 고모. 싫은 기색 없이. 운동도 매일 하고, 맛있는 고구마도 매일 구워줬다.

일흔이 넘어버린 고모가 들려준 경험담에 그저 찾는 걸로 하루가 간다는 우리 친구들, 우리 엄마 생각이 났다. 어쩌랴, 우리 나이가 주는 멋진 해프닝인 것을. 웃음 주는 보물 일호로 그 쪽지를 두고두고 보며 웃는다며 그 얘길 들려주던 고모. 문득 문득 보고 싶어진다. 오늘은 뭘 찾고 즐거워하고 계시려나?

엄마랑 외할머니는

엄마랑 나는 이럴 때 대답이 똑같아요.

엄마가 나보고 이거 맛있다고 먹어보라 하면 괜히 싫다고 짜증 섞어 대답하고 말아요.

엄마는 외할머니가 이거 맛있다고 먹어보라 하면 배부르다며 툭툭거려요.

외할머니가 섭섭해 하는 마음 모르는 엄마랑 엄마가 속상해 하는 걸 모르는 나랑은 똑같이 철딱서니래요.

외할머니가 그렇게 알려주며 다음부터는 싫어도 먹는 시늉이라도 하래요.

엄마랑 나는 서로 행동이 똑같을 때가 있지요.

엄마는 외할머니가, "이것 좀 입어보렴." 하면 공연히 볼멘소리로 왜 그런 싸구려를 물어보지도 않고 사왔느냐며 본체만체 해요.

엄마가 내게, "이것 좀 입어보렴." 할 때 내가 좋아하는 색이 아니라는 둥 이유를 대며 심통 부리기가 일쑤예요.

외할머니가 얼굴 빨개져 무안해 하는 걸 모르는 엄마랑, 엄마가 삐져 버리는 걸 모르는 나랑은 얄미운 게 거의 똑같은 수준이라고 해요.

외할머니가 그런 말을 살짝 해주면서 아까부터 찐 밤을 열심히 까서 입에 넣어주어요.

외할아버지는 그럴 적마다 안경 너머로 바라보며, "내나 주지…" 하시며 빙그레 웃으셔요.

아빠는 그렇게 경험을 하면서도 배려가 없는 딸들에게 왜 마음을 쓰느냐며 답답해 하셔요.

핀잔 받는 외할머니나 무안당하는 엄마 "두이다 바이보이"라며 놀려 주곤 해요.

우리 엄마는 외할머니한테, 나는 엄마한테 왜 좀 더 상냥하게 안 되는 걸까요? 외할머니가 두런두런 해주는 말에 생각이 많아졌어요. 밤을 날름날름 받아먹으면서 점점… 점점… 미안해졌어요. 아까보다 손이 천천히 가요. 내 맘도 모르는 외할머닌 "뭘 생각하니? 얼른 받아라. 내 팔 떨어지겠어."

"에이~~이 외할머니인? 가짓뿌렁!!, 그렇게 굵은 팔이 왜 떨어지남?" 둘이 히죽 웃지요.

맛있는 걸 먹으면 금방 내 얼굴이 떠오르며 나 먹일 생각만 난다는 엄마.

예쁜 옷을 보는 순간 저 옷을 입고 깡충깡충 좋아할 내 생각만 하나 가득 난다는 엄마.

외할머니 딸이 엄마니까… 아마 외할머니도 엄마랑 똑같은 마음인가 봐요.

엄마는 날 위해서, 외할머니는 엄마를 위해서 먹고 싶어도 참고 숨겨두는 게 똑같아요.

둘이는 본인 것은 못 사면서 그저 자식을 위해 그렇게 아끼던 돈도 홀딱 쓰는 게 딱 닮았어요. 웃기는 건, 엄마는 어른인데도 외할머니에겐 나랑 똑같이 바보가… 되나… 봐요… ㅎㅎ

점점 외할머니 말처럼 상대방 마음을 생각해보고 예쁘게 굴어야겠다는 생각이 들었어요.

울 엄마도 반성하고 후회하고 있을라나… 혹시 모를지 모르니까 내가 알려 줄까 봐요.

외할머니가 마음이 편치 않다는 걸 살짝 귀띔해 줄까 봐요.

나는, 울 엄마랑 외할머니랑 아주~아주~ 행복하게 오래오래 살고 싶거든요. 물론 외할아버지도 아빠랑도 함께요.

엄마가 이 세상에서 외할머니를 제일 사랑하는 걸 우린 다 알고 있어요.

또 내가 엄마를 하늘땅~땅만큼 사랑하고 있는데…

"내가 바뀌지 않으면 절대로 세상은 안 변한다."

외할머니 쫓아서 몇 번 갔던 절에서 읽고 뜻이 뭐냐고 물어서 이제는 희미하지만 알게 된 글도 생각났어요. 고집을 버리고 좋은 것은 될 수 있는 대로 빨리 받아들여 내 것으로 만들어야 하는 거라던 외할머니 뜻풀이였어요.

그러니까 마음하고 다른 대답이나 행동을 해서 아주 짧은 순간이라도 나 아닌 다른 사람이 슬퍼지지 않게 해야 된다는 거겠지… 엄마도, 나도….

나는 저녁 먹고 나서 놀이터 벤치에 가자고 졸라댔어요. 절대, 엄마하고만 할 얘기가 있다면서. 추석이 며칠 지난 뒤라 보름달이 약간 허물어져 있었지만, 달님 앞에 손을 모으고 엄마랑 나는 이제 다시는 그러지 않기로 새끼손가락을 걸고 엄지도장도 찍었지요. 엄마가 꼭 안아주며 우리 연이 정말 고맙다… 많이 컸구나… 그러는 엄마가 왜 그런지 자꾸만 내 눈물 같다는 생각이 들었어요. 내 눈물은 슬프면 쉬지도 않고 흐르거든요. 엄마 사랑처럼….

이제부터는, 엄마가 맛있다는 건 웃으면서 아~ 맛있어~ 땅큐우~ 하며 먹을 수 있을 거예요.

외할머니가 맛있다는 걸 엄마는 아, 정말 맛있네요? 하며 맛을 다시며 기쁘게 먹겠지요?

나는 예쁜 옷 입어보라면 냉큼 입고 거울 앞에서 재롱도 부릴 생각이어요.

엄마는 외할머니를 껴안아 주면서 감사하다고 인사를 하지 않으려나… 뽀뽀도 해주면 좋을 텐데… 그럴 때 내가 같이 있으면 대신 해드려도 좋을 거야.

그 뒤에서 외할아버지랑 아빠가 윙크하며 무척 기뻐하실 거 같지 않나?

그렇게 그려보며 생각만 하고 있어도 뛸 듯이 좋아져요. 구름 속에서 뛰어다니는 이 기분.

엄마랑 외할머니가 환하게, 행복하게 웃을 얼굴 생각만 해도 마음이 간지러워져요.

엄마 마음 내가 알아주고, 외할머니 마음 엄마가 알아주면서 지낼 수 있을 거예요. 그리고 내가 선생님 마음도 알아주고 친구들 마음도 알아주면 정말 더 좋을 것도 같아요. 어제 성이가 배가 아파 울었는데 내가 조금 더 친절하게 해 줘야 했었나 봐요. 그러고 보니까 그동안 잘못했던 일들이 마구마구 생각나요. 하아~· 내일부터는 착하고 상냥한 어린이가 될 거라고 무릎을 꿇고 기도를 했어요. 기도하는 내 머리를 외할머니가 쓰다듬어 주시며 이제 자자 하셔요. 이불 속으로 쏘옥 ~~.

김선영

dr-cho77@hanmail.net

본명 : 은자銀子, 경남여고, 이화여대 국문학과 졸업
중앙대학교 사회교육원 에세이 전문가과정 수료
2006년 ≪문학마을≫을 통해 등단했다

아버지

　연희동 집을 새로 지으면서 마당 한쪽에 자리를 마련해 귀한 몇 분들을 가족으로 삼아 멀리서 모셔왔었다. 친정집 뜰에 있던 동백나무 세 그루와 천리향나무가 그네들이다. 그때 내 심정은 지금은 세상에 계시지 않는 아버지가 환생하셔서 서울로 모셔오는 듯해 잠을 설치기까지 했었다.

　지금 생각해도 아버지의 '나무사랑'은 유별나셨다. 한 그루 한 그루를 모두 당신의 분신으로 여기시고 온갖 정성을 다하시는 모습은 그 애틋함이 그대로 나무에 배어날 정도였다. 그중에서도 '동백'에 대한 아버지의 사랑은 더욱 각별했다. 혹독한 겨울추위를 용케 이기고, 제일 먼저 꽃을 피워 올리는 대견한 모습을 보시기 위해 아버지는 더욱 그랬을지도 모른다.

　지금과는 달리, 그때 겨울은 시쳇말로 장난이 아니었다. 어느덧 삼사십 년 전의 일이 되었지만, 그땐 마당에서 물일을 하고 언 손을 녹이려 방에 들어가기 위해 문고리를 잡으면 손가락이 쩔컥 달라붙을 정도였기에 지금도 그 기억을 떠올리면 손끝이 옴찔해 진저리가 쳐질 때도 있다. 그러니 그때 나무들 또한 겨울나기가 오죽 춥고, 그래서 나날이 얼마나 지겨웠을까.

이런 나무들의 사정을 속속들이 헤아리신 아버지는 가을의 끝 무리, 겨울이 문턱을 들어설 즈음이면 날을 잡아 정원사의 도움을 받아가며 나무들의 몸을 볏짚으로 감아주고, 그것도 모자라 그 위에 비닐을 덧씌워주시곤 하셨다.

아버지가 이처럼 나무들의 월동대책에 옷소매를 걷어붙이고 손수 나서 챙기셨던 것은 사방을 둘러봐야 희망이 없던 때인 만큼 그들을 통해서라도 봄을 봄답게 맞이하기 위해서였을 것이다. 겹 또는 홑 동백을 비롯해 해동解凍과 함께 꽃을 피워 올리는 나무들의 환한 웃음을 보시는 것이 당신 나름의 기대이고 보람이셨으니 그 정성을 어떻게 무슨 필설로 다 표증表證할 수 있을까. 아마도 그때 아버지는 "모란이 지고 나면 내 한 해는 다 가고 말아 삼백 예순 날 하냥 섭섭해 우옵네다."라고 했던 김영랑 시인의 마음과 크게 다르지 않으셨으리라. 사실 그때 그런 마음으로 가슴의 한을 삭히며 사셨던 분이 어찌 우리 아버지뿐일까만 아버지의 동백 그리고 나무나 꽃에 대한 집착은 다른 분들과 비교가 안 될 정도였다. 때가 무르익어 마당 곳곳에 영산홍이나 자목련이 어우러져 말 그대로 뜰이 꽃동산이 되면 사람들을 청해 조촐하게나마 잔치를 여시기까지 할 정도였으니…

6·25 한국전쟁 직후, 전쟁이 할퀴고 간 상처로 인해 곳곳이 폐허로 변해 다들 꽃 같은 것은 안중에도 없었던 때에도 아버지는 골 깊

은 우울함을 이들을 통해 진정시키곤 했던 터라, K시에 있던 친정의 뜰은 전쟁이 휩쓸고 간 흔적을 찾아볼 수 없었다.

아버지는 작은 꽃나무들은 전지가 잘된 향나무 곁에, 그리고 단풍나무 옆에는 꽃이 소담스럽게 피는 나무들을 나란히 늘어놓아 단풍잎조차 꽃처럼 보이게 만들어 놓곤 하셨다. 특히 바위틈 사이에 일년생 풀꽃들을 끼워 넣어 꽃이 피게도 하셔서 자연과 인공이 조화를 이룬 아름다움의 극치가 과연 어떤 것인지를 보여주시기도 했었다.

물론 아버지가 이렇게 꽃과 나무에 심취해 온 신경뿐만 아니라 몸과 시간을 다 바치면서도 우리 교육 등 여러 면에서 큰 어려움 없게 해주실 수 있었던 것은 대나무바구니에 떡 대신 돈을 넣어 부쳐주셨던 할머니가 계셔서 가능했다. 사랑도 사랑을 받아본 사람만이 행할 수 있다는 것이 결코 헛말이 아님을 나는 아버지를 통해 여실히 확인하고 배웠기에, 나 또한 가능하면 콩알 반쪽이라도 나누며 살려는 마음은 버리지 않고 있다. 모든 이들에게 후덕함이 온전히 상속되고 감기처럼 전염되어 곳곳으로 번진다면 이처럼 좋은 일이 세상 어디에 또 있겠는가. 그땐 굳이 꽃을 심고 가꾸지 않는다고 해도 꽃처럼 아름다운 세상이 될 것이다.

그렇다고 해서 아버지는 결코 심약한 분은 아니셨다. 일면 아버지는 참다운 멋이 어떤 것인지를 아시는 풍류객이기도 했다. 가끔 술을 드시면 목청껏 소리도 잘 하셨고, 가야금을 잘 타는 정인情人을 만나러 기방妓房 출입도 하셨다. 뿐만 아니라, 적잖은 값을 치르고 예인藝人들이 공들여 그린 그림이나 글씨를 붙여 만든 병풍을 비롯해 족자나 현판 등을 사 오시곤 그것들을 늘어놓고 그 품격에 취해

지내기도 하셨다.

　그 때 술을 드시고 당시 유행하던 노래인 '리루리루'를 부르며 통금직전 파출소 순경의 부축을 받고 돌아오시기도 했다.　그러나 아버지는 다음날 새벽이면 언제 그런 일이 있었냐는 듯이 뜰에 나가셔 나무들을 보살피곤 하셨다. 지금도 가만히 귀를 기울이면 가끔 아버지의 호탕한 웃음소리가 들리는 것 같아 밖을 내다볼 때가 있다. 그 때, 아버지는 아직 잠에서 깨지 않은 나무와 꽃들 사이를 조용히 걸으시며, 무슨 생각을 하곤 하셨을까. 또 무슨 얘기를 그들에게 들려주시거나 들으셨을까.

　어쩌면 아버지는 전쟁 때문에 폐허가 되어버린 당시의 암담한 현실이 너무 안타까워 말하지 못하는 그들을 붙들고 '어쩌면 좋냐'고, '어떻게 하면 이 난관을 이겨내고 사는 것처럼 살아볼 수 있냐'고 나무들에게 당신의 답답함을 털어놓곤 했을지도 모른다. 아니, 그분은 그 순간을 숨 막힐 정도로 암담한 현실이 당신의 분신인 우리 형제들과 우리의 친구들에게까진 이어지지는 않기를 기원하곤 하셨을 것이다. 유난히 정이 많으셨던 분이니, 왜 그러시지 않았겠는가.

　그때도 아버지는 전쟁 중에 포연砲煙이 자욱했던 거리를 자전거 뒤에 아직 어린 우리들을 싣고 달리시며, 기차가 어떻게 해서 내달릴 수 있으며 군함이 무엇을 하는 배인지를 말씀해주시곤 하셨다. 그리시며 내색은 안 하셨지만, 우리들이 살아내야 할 날들을 상상하시며 얼마나 많은 아픔을 당신 혼자 삭히곤 하셨을까. 사실 그때 곳곳에 인산인해를 이루고 있던, 북이나 서울 등지에서 내려온 피난민들로 인해 그야말로 '목불인견目不忍見', 눈 뜨고는 볼 수 없는 일들이 너무나 많았으니, 우리들을 데리고 어디로든 도망가고 싶은 생각을 하신 적이 한두 번이 아니었을 것이다.

어쩌면 아버지는 이런 참담함을 머리와 눈에서 씻어내기 위해, 그리고 당신의 어린 자식들에겐 전설 같은 이야기로나 기억되기를 비는 마음으로 눈만 뜨시면 뜰로 나가서서 꽃과 나무들 곁에 붙박이가 되어 지내셨는지도 모를 일이다.

연희동으로 거처를 옮겨 같은 주민으로 산 네 그루의 나무들은 그 때 아버지가 끔찍이 아끼시던 나무들이었다. 그래 그 멀리서 모셔와 함께 지낼 생각을 했던 것이다.

차나무 과에 속하는 상록교목인 동백은 따뜻한 지방의 산이나 바닷가에 가면 지천으로 널려 있었다. 12월이나 1월, 대부분의 꽃나무들이 동면冬眠에 빠져 있을 때, 추위도 아랑곳하지 않고 서둘러 꽃망울을 맺어 꽃을 피울 준비를 하는 동백, 그래서 이젠 세상에 계시지 않는 아버지를 더 생각하게 하는 나무와 꽃이 바로 이 동백이다.

이런 내 취향을 잘 알고 있는 친구들이 작년에 내게 보내준 키 작은 동백 분재─ 그러나 나는 큰 죄를 짓고 말았다. 물주기를 게을리한 탓에 혼자 갈증어린 가슴앓이를 계속하던 불쌍한 친구가 마침내 세상을 떠나고 말아서다. 숨도 제대로 쉴 수 없을 정도로 온몸이 결박된 상태에서도 살아보려 애를 쓰던 그 불쌍한 것을 생각하면 지금도 가슴이 아리다. 얼마나 많이 나를 원망했을까. 누구보다도 훗날 아버지를 뵈면 뭐라고 핑계를 대야할지 벌써부터 걱정이 된다. 뵐 면목조차 없어 고개도 들지 못할 것 같다.

얼마 전에 다녀온 해남 대흥사 숲길 양쪽에는 느티나무와 벚나무 그리고 단풍나무와 함께 수령이 몇 백 년은 됨직한 동백나무가 곳곳에 널려 있었다. 이들은 선운사의 동백과는 조금 다른 듯했고, 여수 오동도의 동백과도 분명 달랐다. 절 뒤편에 와불臥佛 모양의 산세 때문인지 아니면, 대웅전 앞을 흘러내리는 개울물 때문인지는 모르지만, 나름의 독특한 분위기를 지니고 있었다.

나무도 그렇고, 사람도 역시 환경의 지배를 받을 수밖에 없다. 고요와 어우러져 산 것들엔 그들 나름의 분위기가 있을 수밖에 없고, 시끄러운 도시 속에서 부대끼며 살고 있는 꽃나무들에겐 또 그들 나름의 애잔한 소란스러움이 느껴질 수밖에 없다. 아버지 손에서 성장한 뜰의 새 식구, 동백과 천리향나무들이 그렇듯이.

로마가 하루아침에 이룩된 것이 아니듯, 경륜이 없는 우뚝함은 있을 수 없을 것이다. 연희동에 살 때, 동백나무와 천리향나무를 보고 있으면, 그 뒤에 서 계신 아버지가 보이곤 했었다. 풍류를 아셔서 그윽한 눈으로 세상을 다독일 줄 아시던 우리 아버지가…

최창수

folie@hanmail.net

중앙대학교 국어국문학과 및 동대학원 졸업
문학박사
현, 대성고등학교 교사

그래서, 음치를 추방하자구요

프랑스의 유명한 음향학자이자 음악가인 쟝 비앙 앙땅뒤에(1817-1901)의 유명한 『음향과 분노』라는 저서에 보면 인간의 귀가 가진 가청성과 목소리의 가창력과의 상관관계에 대한 연구 결과가 나와 있다. 인간의 귀는 어렸을 적에 많은 소리를 접하고 들음으로써 그에 따라 가창력이 결정된다는 유명한 논조다. 청력이나 목소리 내기에 선천적인 이상이 없는 한 일반적이고 보통의 경우에 어느 누구도 음치가 될 수 없다는 결론을 내고 있다. 결국 그가 선천적인 이상이 있거나, 혹은 특별한 병력이 있어 청력이 일찍부터 부족하거나, 목울대가 소리내기에 부족함이 없지 않다면 음치라는 것이 결코 생겨날 수가 없다는 얘기다. 물론 음치가 되는 이유는 그러한 이유 말고도 다른 이유가 있겠지만, 그 책에는 주로 음향학적 입장에서 전개되고 있다.

음치 치료는 수없이 많이 노래를 부르게 하는 각고의 노력을 기울이는 것보다는 많은 소리들을 들려줌으로써 치료의 단초를 찾아낼 수 있다는 거였다. 마치 어린아이들이 말을 하지 못할 때 기어다니기 훈련을 많이 시켜야 하는 것과 같은 이치일 것이다. 어린아이가 말을 잘 하지 못하는 것은 어렸을 적에 기어다니기를 충분히 못해서 그렇다는 연구결과가 나와 있고, 오늘날 맞벌이로 바빠 어머니의 역할을 방기한 채 보행기를 곧바로 태워 걷기를 먼저 하게 되는 경우 그러한 현상이 곧잘 나타난다는 것이다. 따라서 그런 아이들에게는 공백상태로 비어 있는 기어다니기를 강제로 많이 시켜 보충해 줘야 그런 상황이 호전된다는 말이다.

이러한 일들은 꼭 음치의 경우에만 해당되는 것은 아닌 것 같다. 이 세상에는 목소리의 음치도 있지만 사회적인 여러 분야에서 같은 현상을 똑같이 발견할 수 있다. 이른바 '사회적 음치'라고나 할까. 자기 자신의 본모습을 보지 못하고, 자신의 말만이 옳고, 자신의 생각만이 옳고, 남을 배려하거나, 남을 생각하거나 남의 사상이나 방법, 생각, 이론을 자기와는 이념이 맞지 않는다고 배격하고 듣지 않으려고 억세게 고집세우는 경우의 사람들을 여기저기서 많이 본다. 어떻게 보면 마치 선천적인 것도 같은 그러한 불구적 모습은 주위사람들을 당황하게 만든다. 주변을 가만히 살펴보고 생각을 해보라. 분명 아주 가까이에 그러한 사람들이 있다는 것을 쉽게 발견할 것이다.

그런데 그러한 현상이 단지 개인적 상황에서 자신의 일로 끝난다면 문제는 간단하다. 그 같은 현상이 많은 사람들을 이끄는 지도자의 위치에 있게 된다면 문제는 훨씬 심각해지게 마련이다. 이는 본인 한 사람의 부족한 역량과 힘으로 하나의 단체를 엉뚱한 방향으로 이끌어갈 수 있다. 왜냐하면 자칫 부당하고, 부조리한 상황에로 조직을 몰고 가게 될 가능성이 많을 것임은 자명한 일이기 때문이다.

그렇다면 이에 대한 치료를 어떻게 할 것인가. 한 인간이 음치라 해서 영원히 사회에서 추방해 버릴 수는 없듯이 그들을 계몽시대 이전처럼 따로 정신병동에 안치해서 격리시킬 수는 없지 않는가 말이다. 예를 들어 교회 예배시간에 기도를 인도하면서 찬송가를 선창하여 부를 때 그가 음치라서 정확한 음을 잡지 못하고 허공에 대고 멋대로 소리를 지른다고 해서 그의 노래 소리에 은혜로움과 복이 없다고 할 수는 없다. 오히려 기독의 하나님은 그러한 인간의 모습에서 진솔함을 느끼고, 더욱 감동을 받는다고 한다. 이는 물론 다분히 너무도 인간적인 해석이라고 몰아 부칠 수도 있을 것이다. 한 인간이 음치라 해서 마녀 사냥하듯이 그들을 처단할 수도 없다. '그래서, 음치를 추방하자구요!' 라고 말할 수는 없다. 그러한 부류의 인간들은, 사회적인 음치들은 분명 어렸을 적에 잘못된 교육을 받아 다른 사람의 이야기를 들을 수 있는 '귀'를 잃어버린 불쌍한 사람들이라 할 수 있다. 그렇다면 남의 말을 귀담아 들어보지 못한 그들을 결국엔 감싸 안고 갈 수밖에 없지 않겠는가? 자비로운 마음으로 그들을 불쌍히 여겨야 하지 않겠는가? 그러나 그러한 인간이 그러한 따뜻한 사랑과 배려에도 불구하고 사회악으로서 존재하고 사회를 좀먹고 사회발전에 해가 되며, 타인을 힘들게 한다면 어쩔 것인가? 그들을 그래도 끝까지 감싸 안고 가야만 하는 것이, 이것이 어쩔 수 없는 인간의 삶이고, 사회란 말인가.

박준서

totomail@hanmail.net

중앙대학교 경제학과 졸업
대마도/코리아 문화교류 컨설던트
문화발전소 기획부장

두꺼비와 시금치

그해 여름은 뜨거운 날씨만큼이나 나를 힘들게 했고 여름이 지나고, 푸른 가을 하늘이 나타나도 나의 마음은 착잡하기만 했었다. 남자 나이 45세. 두 아들의 아버지이자 가장인 내가 한창 일할 나이에 회사의 구조조정으로 직장을 하루아침에 잃게 되었던 것이다. 겉으로는 남들과의 경쟁에서 뒤지기 싫어 "설마 가족들을 굶기기야 하겠어?" 하며 아무것도 아니라며 태연하게 하루하루를 보냈지만 내 마음속에서는 위기의식이 팽배해 술을 마셔도 취하지 않을 정도였다.

퇴직금이라고 받은 것은 집사람이 '자식들 앞으로 대학 졸업 때까지의 등록금'이라며 이미 동결시켰고, 나 또한 줄줄이 사업체가 부도나 도산하는 마당에 돈이 투자되는 장사는 할 마음이 없었다. 노동사무소 산하 고용안정 센터에 구직 신청을 하니 실업급여가 조금씩 나오기 시작했다.

"그래 당분간 이걸로 버티면서 일자리를 찾아보는 거야."

정신을 다잡으며 인내심을 갖고 백방으로 6개월을 뛰어 다녔으나 소용이 없었다.

초조해진 나는 안 되겠다 싶어 눈높이를 낮추니 일용직이나 운전직이 눈에 들어 왔다. 운전이라면 자신 있기에 정보지의 구인난을 눈에서 벼룩이 튀어 나올 정도로 훑어 나갔다. 용달, 배달, 오토바이, 화물차 운전…… 택시.

며칠을 고민 끝에 기업체를 운영하다 부도를 내고 구치소도 다녀와서 6년 전부터 택시 운전을 하고 있는 고교 동창 두꺼비에게 전화를 했다.

고등학교를 졸업하고 아버지가 대학 가라고 준 등록금으로 '다스킨'이라는 걸레 장사로 시작, 아프리카로 수출하는 브래지어 공장까지 크게 운영하여 회사가 잘 나갈 때는 유명 일식집으로 곧잘 데리고 가서 감칠맛 나는 음식을 심심치 않게 사주던 친구였다. 그러다 IMF 때 문 닫고 갖은 고초를 겪다 택시를 몰고 있다.

"나 오늘 쉬는 날인데 한 잔 할까?"하고 그 친구가 전화를 하면 이번엔 내가 성의껏 좋은 식당으로 안내해야 하건만 나는 회사의 회식이다 이런 저런 모임이다 또 시간이 날 때면 지갑 사정이 여의찮고 등 자주 만나 주지(?) 못한, 못난 친구를 둔 동창인데, 이제 와 도움을 청하려는 내 자신이 부끄러웠다 하지만 체면 차릴 계제가 아니었다.

"나, 니네 택시 회사에 좀 들어가자. 되겠니?"

두 병째 소주를 시켰을 때 어렵게 얘기를 꺼냈다.

"야, 제법 한다하는 회사도 문 닫는 판국인데, 너희 회사는 그래도 잘 버텨 나가는 거야. 하필 니가 데드라인에 걸린 게 억울하다만. 아니, 아니지. 내 후년이라도 그 회사 부도라도 나봐라 지금 직원들? 퇴직금 하나 못 받을 확률이 있을 수 있어.”

친구는 차라리 퇴직금이라도 챙겨서 구조조정으로 나온 것이 다행인지도 모른다며 나를 위로하기 바빴다. 그러나 택시 기사 노릇도 쉬운 일이 아니라고 했다. 일주일 단위로 밤낮을 교대로 근무하니 체력과 운전 실력이 받쳐 주어야 하고, 무엇보다도 시내 지리를 자기 동네처럼 꿰어야 하는데 그게 한두 달로 익혀지는 게 아니라서 어려울 것이라는 이야기였다. 초보는 사납금 채우기도 어렵다고 겁을 주는 것이 아닌가. 그러나 결국 처음 6개월은 사납금만 채우는 걸 목표로 택시를 하기로 했다.

정말 장난이 아니었다. 겨우 사납금 채우기는커녕 물어내기가 일쑤였다.

무엇보다도 서울 시내가 그렇게 넓을 줄은, 처음 들어 보는 동이며 아파트가 그렇게 많은 줄은 정말 몰랐었다. 나는 이를 악물고 견디어 보자고 새벽 별을 보며 다짐했지만 혹독한 시련이었다.

정신없이 두어 달 정도가 지나는 어느 날 새벽, 나갈 차비를 하는데 배달되어 온 상자 하나가 눈에 띄었다. 상자를 보는 순간 온 몸이 고단한 와중에도 나는 그만 웃음을 터뜨리고 말았다.

‘열심히 도道 닦는 맥주에게 두꺼비가.’ 라고 씌어 있었다. 맥주를 하도 잘 마신다 하여 붙여진 학생 때의 내 별명이었기 때문이었다.

“초보 기사 노릇하느라고 힘들지? 도 닦는 기분으로 견뎌봐. 넌 재주가 많으니 좋은 일이 있을 거야. 뽀빠이처럼 먹고 힘내! 이 반찬 좋아했잖아.” 영등포 야채시장에서 손님 기다리다 눈에 띄어 샀다는 메모와 함께 시금치가 한 상자 가득 들어있었다. 한동안 미소를 지으며 메모를 다시 한 번 음미해 보았다.

'도 닦는 기분으로 시련을 이겨내라.' 그리고 시금치. 나는 아직도 컴컴한 새벽의 아침을 열기 위해 두 손을 깍지 끼고 하늘로 힘껏 기지개를 편 뒤 택시의 시동을 힘차게 걸었다.

임은수

lespjy@hanmail.net

〈세계일보〉 신춘문예 수필 당선(1998)
서울여대 대학원 국문과 졸업

선물

외국의 한 언론사에서, 그 나라의 먼 시골마을에서 수도까지 가장 빨리 갈 수 있는 방법을 현상 공모했다. 각종 교통수단이 등장했고 응모자의 숫자도 많았지만 당선된 사람은 어린 여자아이였다. 그 먼 길을 가장 빠르게 가는 방법은 "친구와 함께 가는 것"이라는 답이었다고 한다.

나는 어릴 때 친구들과 노느라 시간가는 줄 모를 때가 많았는데, 그때 어머니는 화를 내시려다 말고는 "그래, 부모 팔아 친구 산다더라."는 말씀을 하시곤 했다. 그만큼 친구가 중요하다는 뜻이었을 것이다. 그 시절 함께 놀던 소꿉친구나 학교친구는 오랜만에 만나도 엊그제 만난 듯 거리감이 없어서 좋다. 서로를 잘 알고 이해할 수 있기 때문이다. 그런데 나에게는 결혼 후에 만났으면서도 어릴 적 친구 못지않게 가깝고 소중한 친구가 있다. 그녀를 만난 것은 내게 큰 행운이었다.

20여 년 전, 안양에 살던 우리는 새 아파트를 분양받기 위해 살던 집을 팔았다. 이사 갈 집을 구하기 위해 남편과 함께 영등포에서 김포공항으로 가는 버스를 탔다. 서쪽 바다로 흘러가는 한강을 따라 해가 지는 쪽을 향하여 무작정 나선 길이다. 남편이 출퇴근하기 수월한 곳을 찾아서였다.

버스가 양화대교 끝머리를 지나칠 때쯤 멀리 나지막한 산을 뒤로 하고 단독주택들이 늘어서 있는 것이 보였다. 남편과 나는 약속이라도 한 것처럼 "저기 한 번 가보자."는 말을 하고 인공폭포를 지나 첫 번째 정거장에서 내렸다. 큰길을 건너 우리가 찾아간 곳은 목동의 양화초등학교 바로 앞에 있는 2층짜리 단독주택이었다. 바람도 싱그러운 초여름의 일이다.

그녀와는 그렇게 집주인과 세입자로 만났다. 두 집 똑같이 큰아이가 딸이고 아래로 아들을 두었다. 처음엔 여섯 살짜리 우리 아이와 한 살 위인 그 집 아이가 혹시라도 싸우지는 않을까 염려했지만 걱정과는 달리 그들은 아주 잘 놀았다. 아이들만 잘 지내는 것이 아니라 어른인 우리도 서로 뜻이 잘 통했다. 통한다는 것만큼 사람을 유쾌하게 만들어주는 게 또 있을까.

그 해 가을이었다. 어느 삽상한 저녁에 나는 그녀에게서 편지와 함께 예쁜 스카프 한 장을 선물로 받았다. 서른을 막 지난 나이에, 그것도 여자에게서 편지를 받은 나는 가슴이 두근거렸다. 편지의 내용은 나를 더욱 설레게 했다. 만나서 기쁘다고, 빨리 가까워지면 그만큼 쉽게 멀어질까 두려워서 다가가는 마음을 억제하고 있다는 것이었다. 그건 그대로 내 마음이었다. 나도 그녀가 좋아서 하루에도 몇 번씩 위층으로 뛰어올라가고 싶었기 때문이다.

좋은 데는 따로 이유가 없다고들 하지만 그녀가 마음에 쑥 들어오게 된 데는 나름대로의 계기가 있었다. 이사한 지 얼마 안 된 여름 휴가철 때였다. 그녀도 나도 휴가를 떠나기 전, 시어른이 계시는 시골엘 먼저 다녀왔는데, 나는 그녀의 그런 마음 씀씀이가 좋았다. 살아가는 방식이 비슷한 것 같아 친숙감이 들었던 것이다. 덜렁대는 성격도 둘이 엇비슷했지만, 그녀는 일손이 여물었다. 여린 심성과 가냘픈 몸 어디에 그런 강단이 숨어 있는지 어려운 맏며느리 역할을 척척 잘도 해냈다.

그 집에서 사는 동안 우리는 풋풋한 우정을 키워갔다. 서툰 살림살이와 아이들 키우느라 정신적 여유가 없는 중에도 그 친구와 보내는 시간이 내게는 재충전을 위한 달콤한 휴식이었다. 어떤 말이라도 스스럼없이 나눌 수 있었으니 살면서 그만큼 귀한 선물도 드물 듯하다.

우리는 가끔 책을 한 권씩 사서 나누어 가졌다. 나는 그녀에게, 그녀는 나에게 사주면서 받는 즐거움과 주는 즐거움을 동시에 누렸다. 그리고는 또 서로 바꿔서 읽었다. 그때 시작된 함께 책읽기는, 아이들이 다 자란 뒤에 다시 이어지고 있다. 지금도 '맑은 향기'라는 독서 모임에서 한 달에 한 번씩 정해진 책을 읽고 만나는 것이다.

나중에 우리가 아파트로 이사를 한 뒤에도 그녀와의 만남은 지속되었다. 대학로에서 만나 초등학생이던 아이들은 연극을 보고 우리는 밖에서 차를 마시며 이야기를 나누곤 했다. 이야기보따리를 다 풀지도 못했는데 연극이 끝나서 아이들이 나올 때는 잠깐씩 아쉬운 마음이 들기도 했었다. 그때 찾았던 샘터 파랑새 극장 옆의 '밀다원'이란 찻집이 아직도 그대로 남아 있을까. 불현듯 그때의 감미롭던 커피향기가 흘러간 시간 속에서 되살아온다.

친구란 필요할 때 옆에 있어야 한다는 말이 있다. 그녀가 그렇다. 늘 가까이서 어깨를 두드리며 나를 일구어 준다. 좋은 일에는 진심으로 기뻐하고, 힘들어 할 때는 맨발로라도 뛰어와 나를 잡아줄 사람이다. 싸워도 좋으니 누가 잘못하는 일이 있으면 하지 못하도록 말려주기로 했던 젊은 날의 약속처럼 가끔은 입바른 소리도 잘한다. 그런 입바른 소리에 옹이가 질 때도 있지만 더 깊은 곳에서는 오히려 달콤하게까지 여겨지는 것은 혈육에 맞닿은 심정이 아닐까 싶다.

스무 해가 넘게 쌓인 정은, 날이 갈수록 서로에 대한 친밀감을 더욱 차지게 한다. 그녀를 생각하면 언제라도 내 마음은 아주 큰 부자가 된다. 생각만 해도 기분이 노을빛으로 환해지니 그저 기쁘고 고마운 일이다.

다인 병실

어느새 가을 초입에 들어섰다. 늘 건강이 최고라고 말은 쉽게 잘 하지만 제 몸 챙기는 일에 둔해 생각지 않은 병치레를 하느라 여러 날을 보냈다.

여행을 갔으면 이것저것 버리고 와야 하는데 나는 오히려 반갑지 않은 놈들을 한보따리 끌고 와서 떨쳐내느라 고생이다. 친구들과 중국 여행을 다녀온 뒤 고열과 장염으로 동네 병원을 찾았으나 낫기는커녕 점점 더 견디기가 힘들어졌다. 근 일주일을 금식하며 이온음료만 마시라는 의사의 처방대로 지내다 급기야는 심한 탈수 증상까지 오고야 만 것이다.

종합병원에 입원 수속을 밟아 놓고도 하루를 더 집에서 기다린 뒤에야 병실에 들어갈 수 있었다. 여섯 명이 함께 쓰는 다인 병실이다. 큰 병원에서도 금식은 여전했지만 대신 링거를 계속 맞아서 그런지 견딜 만했다.

아침마다 수시로 각종 검사와 혈액 채취를 해 가는 젊은 의사들, 주치의는 아침 회진 때 와서 얼굴 한 번 보여주곤 수행한 의사들의 설명을 듣기만 했다. 닷새 동안 입원해 있는 사이 주치의가 내게 직접 행한 일이라고는 어깨 한 번 두드려 준 게 전부다.

병실 입구에 자리한 내 자리에서 대각선으로 놓여 있는 침대에는 할머니가 한 분 누워 계셨다. 침대에 비스듬히 앉아서 건너다보면 누워 계신 옆모습이 내 어머니의 마지막 무렵과 흡사해서 깜짝 놀라곤 했다. 하루는 궁금증을 참을 수 없어 링거 병을 달고 그분이 누워 계신 곳으로 살살 다가갔다.

가까이 가서 뵈니 내 어머니와는 전혀 다른 모습이었는데 떨어진 곳에서는 어찌 그리 비슷해 보였는지. 팔순쯤 되어 보이는 연배에 짧은 백발과 바짝 여윈 얼굴이 닮아보이게 했나 보다. 슬쩍 할머니의 손을 잡아본다. 앙상한 손이 어머니의 그것과 흡사했다. 할머니는 여전히 눈을 감으신 채 표정 변화가 없었지만 잡은 손에 미약한 힘이 전해져 왔다.

맞은편에 자리한 사람은 그 방에서 가장 젊어보였는데 밤늦도록 열이 나는지 잠을 잘 이루지 못하는 듯하다. 누워 있다가도 수시로 벌떡 일어나 한숨을 내쉬며 가슴을 치곤 했는데, 그가 없을 때 들려준 간병인의 얘기로는 남편이 여자 문제로 너무 속을 썩여서 그렇다고 했다. 병실에 있던 환자와 보호자가 모두 혀를 찼다. 공연히 내 가슴도 답답해졌다.

내 바로 옆 침대의 환자는 딸이 많은 듯, 두세 명의 딸이 늘 함께 돌보았는데 그 병실에서 가장 활기 있고 밝은 가족이다. 하루는 우리 아들이 와 있는 걸 보고 그들 모녀가 나누는 얘기에 속으로 깜짝 놀랐다. 어머니 되는 환자가 우리 아들을 착하다고 칭찬하니 그 집 딸이 "그러니까 엄마, 요즘은 아들도 잘 키우면 좋다니까." 하는 것이었다. 우리 정서로는 아직도 아들에게 기대는 비중이 더 크지 않을까 했었는데 내가 세상 변화에 너무 둔감한 게 아닌가 하는 생각이 들었다.

병실에 있는 동안 금식을 해야 했던 나는 아예 벽 쪽으로 돌아누워 있을 때가 많았다. 다른 환자와 보호자들이 음식을 먹을 때 불편할까봐 눈을 감고 자는 척하기도 했다. 웅성웅성 하는 소리에 설핏 들었던 잠이 깨었는데 옆에서 맛있는 냄새가 진동을 한다. 먹고 싶은 생각은 전혀 없었는데도 진한 고추장 양념 돼지고기 냄새가 얼마나 나를 행복하게 했는지 모른다. 냄새만으로도 포만감을 느껴보기는 처음이다. 돼지고기가 아니라 아마도 그건 양념한 튀김 닭이었을 거라는 생각이 나중에서야 들었다.

미음부터 죽 먹을 때까지는 몰랐는데 밥을 먹기 시작하면서 살맛이 났다. 평소에도 워낙 밥을 좋아해서 그런가 보다. 조금씩 기운이 돌자, 매일 와서 들여다보기만 하지 아무 것도 안 하는 것 같은 젊은 의사에게 '도대체 내가 왜 그런지' 따지듯 물었다. 그 친구가 우문에 현답을 해 줬다.

"에이, 어머니 심보가 나빠서 그래요. 다른 사람 다 괜찮은데 왜 어머니만 그러시겠어요!"

단체로 중국 여행을 갔다 온 뒤부터 시작되었다는 나의 증세를 문진 때 이미 들었기 때문이겠지만, 그 젊은 의사의 말에 모처럼 큰 소리로 웃을 수 있었다. 아마 속내에는 아니라고 강하게 말할 자신이 없었는지도 모르겠다. 나중에 들은 이야기지만 같이 여행을 갔던 사람 중에는 심보 나쁜 사람(?) 몇이 더 있어 그들도 병원 치료를 받았다고 한다.

길지 않은 기간이었지만 6인 병실에 있으면서 만났던 아픈 사람과 그렇지 않은 사람들을 보며, 행복의 지름길은 욕심을 버리는 것이라는 생각이 들었다. 링거액으로 속은 많이 씻어냈는데 마음까지 닦여졌는지는 더 두고 봐야 알 일이다.

퇴원 후 며칠 동안은 기초열량만으로 지탱하고 있어서인지 온 몸이 나른했다. 그래도 아픈 동안 자신을 돌아보게 된 일은 다행이다. 살아온 날들이 큰일 없이 그저 그만하기만 해도 고마운 일이라는 생각을 했으니까. 일상의 욕심만 더 비워낼 수 있다면 훨씬 더 좋을 텐데 하는 생각이 잠깐 들기도 했다.

오늘은 마치 한 걸음씩 세상을 향해 걸음마를 시작하는 어린아이처럼 조심스럽게 발을 떼어 본다. 그렇게 다시 일상을 시작하는 거다. 통원 치료차 들렀던 병원에서 나오다가 길에 펴놓은 노점상에게 호박잎 한 단, 가지 한 무더기, 고춧잎 한 근, 그리고 그 옆에 세워놓은 작은 꽃트럭에서 철 이른 노란 소국 한 다발을 사들고 왔다.

마침 줄기차게 내리던 비도 잠시 긋고 거리에는 갑자기 움직이는 사람들이 많아졌다. 올망졸망하게 내 손에 들린 검정색 비닐봉지들과 국화꽃 한 아름, 그리고 접은 우산까지 모두 우리 살아감의 상징인 것 같아 내딛는 발걸음에 탄력이 붙는다.

어느 화창한 봄날에

음력 정월 대보름이 지나면 사방에서 봄의 기척이 감지된다. 갓 담근 나박김치 속에 동동 떠 있는 미나리 순이나 배추 고갱이 한 조각, 봄물 같은 하늘이며 투명한 공기가 사람의 마음을 살짝살짝 흔들어 놓는다. 집에 들어서면 굴 속같이 컴컴하고 왠지 자꾸 밖으로만 나가고 싶어지는 것까지 봄을 말하는 듯하다. 베란다에 나가 유리창 아래로 내려다보니 주차장 가에 일렬횡대로 늘어선 은행나무의 우듬지마다 금방이라도 새순을 밀어낼 듯이 한창 물오른 모습이 보인다. 불쑥, 지방에서 근무하고 있는 남편에게 가고 싶어졌다.

장롱을 열고 지난 연말 모임에서 선물로 받은 스카프를 꺼냈다. 분홍의 강렬한 장밋빛 스카프는 가장자리에 반짝이는 장식까지 달려서 무척 화사했다. 처음에는 너무 화려한 게 아닐까 망설였지만 목에 두르고 이리저리 모양을 내다보니 점점 마음이 흡족해졌다.

푸른 하늘과 맑은 공기, 가벼운 여행길이 휘파람이라도 불고 싶을 만큼 경쾌한 날에 장밋빛 스카프는 다시 봐도 탁월한 선택이었다. 까닭 없이 기분이 좋았다. 자동차의 시동 걸리는 소리까지 웃음소리가 되어 부챗살처럼 환하게 퍼졌다.

집에서부터 시작해 구리를 지나 동서울 톨게이트를 빠져 나가서도 길이 시원스레 뚫려 있어 여유롭다. 평일이어서 그런가 보다. 차창 밖으로 길과 함께 달리는 크고 작은 산마다 잎눈을 틔우려는 잡목 숲에서 연푸른 기운을 내뿜는다. 서서히 속도를 올리며 모처럼의 나들이 길을 즐긴다. 무심결에 사이드미러를 보니 뒤에서 헤드라이트를 켠 채 달려오는 자동차가 보인다. 이 화창한 대낮에.

풍경은 여전히 봄기운을 품은 산과 들이 앞서거니 뒤서거니 다가왔다가 멀어져갔다. 꽤 오랫동안 달렸다 싶은데, 뒤에 오는 차가 여전히 불빛을 번쩍이며 따라오고 있다. 길을 내달라는 신호인가 싶어 2차선으로 비켜주었다. 그런데 추월할 생각이 없는지 그 차도 나처럼 2차선으로 빠져나와 내 뒤를 따라온다.

저 차는 왜 불빛을 번쩍이며 쫓아오는 것일까. 혹시 나를 아는 사람일지도 모른다는 생각이 들어 한 차선을 더 내려 3차선으로 옮기고 나니 그 차도 어느새 3차선에 들어와 있다. 정말로 나를 아는 사람이기라도 한 것일까. 나는 그 차에서 무슨 신호라도 주기를 바라면서 속도를 늦췄다. 그러나 뒤에 있는 차는 앞서지도 않았고, 그렇다고 별다른 신호를 보내는 일도 없다. 그저 시침 뚝 뗀 듯 내 차만 따라 온다. 상위 차선이 비어 있는데도 도무지 앞설 생각을 하지 않는 것이다.

'왜 계속 나만 따라오는 거지?' 한 번 신경을 쓰기 시작하자 뒤따라오는 차량의 번쩍이는 불빛만이 자꾸 눈에 들어온다. 어서 내 갈 길이나 가야겠다는 생각으로 다시 2차선으로 들어간다. 앞만 보고 열심히 달린다. 그러다 슬쩍 백미러를 쳐다보니 그 차도 어느새 2차선으로 들어와 바짝 따라오고 있다.

뒤차가 1차선으로 가서 내 차를 추월하기 바랐지만 그런 내 마음을 아는지 모르는지 꿈쩍도 하지 않고 따라온다. 앞에 가는 대형 트럭은 느릿느릿 여유를 부리고 1차선은 텅 비어 있다. 나는 다시 왼쪽 깜빡이를 켜며 1차선 안으로 들어섰다. 얼핏 거울을 보니 불 두 개를 화등잔만 하게 치켜들고 여전히 시커먼 차가 내 차 뒤를 따르고 있다. 내가 간격을 좀 두고자 속도를 내니 깜짝 놀란 듯 그 차도 속도를 냈다. 차츰 마음이 불편해지기 시작했다. 어쩐다?

휴게소를 들러볼까? 거기까지 따라오면 차를 확 꺾어서 그 차 앞을 가로막아 버려야지. 그리고는 차를 세우고 운전자의 멱살을 잡고 차에서 끌어내리는 거야.

"야! 도대체 너는 누구냐! @#$%&*^"

속이 후련하도록 생각은 거침없이 진행되고 있었지만 현실은 그 반대로 될까봐 휴게소를 그냥 지나쳐버리고 말았다. 이제 슬슬 오금이 저려오기 시작한다. 그래, 이건 고문이야. 제발 내 앞을 지나가 버리라고 빌면서 다시 차를 2차선으로 옮긴다. 또 따라온다. 나는 비스듬히 차선을 바꾸느라 조금 늦는데, 그는 어찌나 재빠르게 움직이는지 내가 완전히 차선을 바꾸기 전에 나보다 먼저 들어오고 나보다 먼저 나간다. 역시나 그 차가 먼저 2차선에 들어와 있다.

나는 될 수 있는 대로 속도를 늦추면서 천천히 달린다. 그 차도 천천히 따라온다. 얼핏 보니 갓 뽑아낸 듯 반짝이는 새 차였다. 새 차 가지고 내 차를 덮쳐 망가뜨리지는 않으리라는 생각에 조금 마음이 놓인다. 1차선은 여전히 비워둔 채 우리는 마치 마음이 잘 맞는 한 편이라도 된 것처럼 앞뒤로 천천히 달린다.

어디까지 따라 올 것인가. 목적지에 다 가도록 쫓아온다면 시내에 있는 경찰서로 들어가야겠다는 생각이 들었다. 그러면 제가 어쩌겠는가. 신통하게도 위급한 순간에 적절한 생각을 해낸 자신이 대견했다. 마음이 조금 편해졌다. 마음 탓일까? 어느 순간 차가 보이질 않았다. 나를 추월해 지나갔나 보다. 나는 더욱 천천히 차를 몰았다. 조금이라도 그 차와 간격을 두고 싶어서였다.

갑자기 내 뒤에서 까만 새 차 한 대가 불을 켠 채 득달같이 달려온다. 가슴이 철렁했다. 차는 1차선으로 들어서더니 횡허케 나를 지나쳐 버린다. 차 모양이 먼저와는 달랐다.

자라 보고 놀란 가슴 솥뚜껑 보고 놀란다더니 검은 차가 불을 켜고 달려오는 통에 지레 겁을 먹었던 나는 슬그머니 웃음이 났다. 그런데 그 웃음이 사라지기도 전에 이번에는 정말로 그 차가 다시 나타났다. 여전히 불빛을 번쩍이며 뒤에서 달려오고 있는 것이었다. 틀림없이 앞서의 그 차였다. 휴게소라도 들렀던 것일까.

그렇게 얼마동안 내 뒤를 따라오던 차가 슬그머니 1차선으로 들어가더니 내 차를 살짝 추월한다. 내가 나가야 할 나들목을 바로 앞두고서였다. 나는 깊은 한숨을 내쉬며 차를 오른쪽으로 돌려서 고속도로를 빠져나왔다.

우연이었을까. 아니면 너무나도 화창한 날씨 탓이었을까. 아무래

도 장밋빛 스카프 때문인 것만 같다. 아니, 아니다. '일체유심조一切
唯心造'라고 장밋빛 스카프를 했던 내 마음이 씨앗이 되었을 것이다.

최제영

marshma@ezville.net

경기여고, 서울대학교 졸업
한국문인협회 회원, 이음새수필문학회 회원
산영수필문학회 회원
203년 「에세이문학」으로 등단

불로문不老門

　　지하철 3호선의 경복궁역에서 국립중앙박물관으로 나가노라면 '불로문不老門'을 만나게 된다. 불로문이란 본래 임금의 만수무강을 염원하여 세운 돌문이라 하는데 물론 거기에 있는 것은 화강암으로 만든 복제품이다. 그러나 그 불로문을 볼 때마다 장식 하나 없는 간결하면서도 부드러운 선이 단순미의 백미白眉라는 생각이 든다.

　　그곳을 지날 때면 나는 "이왕이면…" 하며 짐짓 그 돌문을 통과하면서 욕심쟁이 노인이 불로의 샘물을 너무 많이 마셔서 아기가 되었다는 옛 이야기를 떠올리곤 한다. 그리고 이 문으로 수천 번 드나들다 보면 나도 그렇게 되지는 않을까 하는 치기稚氣 어린 생각에 빙긋이 미소 짓기도 한다.

　　앞으로는 인간이 150세까지 살 수 있다는 신문 기사를 읽은 적이 있는데 21세기가 다 가기 전에 인간의 불로장생이라는 꿈이 실현될 수 있을까. 하지만, 우리 할머니 시절이나 오늘날이나 다를 바 없이

50 고개를 넘어서면 반갑지 않은 손님이 먼저 알고 찾아오니 그럴 것 같지도 않다. 귀밑에는 흰 터럭이 잡초처럼 돋아나고 가까이 들고 읽던 신문을 자신도 모르게 팔을 쭉 뻗고 읽게 되니 말이다. 수명이 길어지면 노쇠 현상도 그만큼 늦게 와야 하는 것이 이치이거늘… 결국 오래 산다는 것은 젊음이 연장되는 것이 아니라 백발을 이고 사는 세월이 길어지는 것뿐이니 씁쓸하기만 하다.

언제부터인지 젊은이들이 자꾸 눈에 띄기 시작했다. 그리고 젊으면 무조건 아름다워 보이는 것이다. 미추美醜를 떠나 싱싱하고 풋풋한 모습이 그저 좋아 보인다. 젊음 그 자체가 아름다움으로 보이는 것은 내가 늙었다는 증거라는 것을 깨닫게 되기까지는 적지 않은 시간이 걸렸다.

전철이나 버스에서 젊은이가 자리를 내어주며 앉으라고 권하는 것을 처음 당했을 때 고맙기보다는 기분마저 언짢았던 것은 나만의 경험은 아니리라. 아직 자신이 늙었다는 의식 없이 살고 있는데 어느 날 타인이 내가 늙었음을 깨우쳐주는 것에 당황하게 되는 것이다.

그런데 늙음은 반가운 손님은 물론 아니지만 죽음과는 달리 예고도 없이 어느 날 불쑥 찾아오는 무례한 손님은 아니다. 어차피 피할 수 없는 손님이라면 여유 있게 그리고 반갑게 맞이하는 게 바람직하지 않을까.

사실 '노인'이라는 듣기 싫은 호칭도 누구나 다 얻을 수 있는 것은 아니다. 그것은 불의의 사고라든가 병마의 덫에 걸리지 않고 어렵게 살아남은 사람들만이 긴 세월을 살아낸 공로로 얻는 훈장이 아닐까.

비록 싱싱함은 잃었다 하더라도 젊음의 풋내 대신에 무엇이 쓰고 어느 것이 향기로운지를 아는 원숙한 경지는 노년이 되어야만 누릴 수 있는 특권이리라.

계절이 바뀔 때마다 일어나는 자연 현상조차도 젊을 때와는 다른 의미와 감동으로 다가온다. 긴 겨울이 다 가기도 전, 꽃샘바람이 옷섶을 파고드는 어느 날 거리를 걷다가 문득 보도 블록 틈새로 빠끔히 고개를 내미는 작은 생명을 만날 때 그 강인한 삶의 의지에 고개가 숙여지기도 한다. 그리고 살아있는 모든 것에 대한 경외감에 가슴이 뻐근해 온다. 무성하던 잎을 모두 떨어뜨리고 겨우내 숨죽이고 서 있던 나목의 가지에 갓 태어난 아기의 손가락보다 여린 새 잎이 돋아난 것을 발견할 때, 새 생명의 탄생을 보는 듯한 감동에 가슴이 벅차오르기도 한다. 돋아나는 여린 연둣빛 새순들이 하루가 다르게 짙은 녹색으로 변화하며 성장하는 모습에 마음을 빼앗기게 되었다. 그러다가 5월 어느 날 온 천지가 싱그러운 푸른 세상이 되어 있는 것을 발견할 때의 그 감동과 환희를 노년에 이르지 않고서야 어찌 맛볼 수 있으랴.

손자라는 작은 존재가 가져오는 즐거움은 또 어떤가. 어린 손녀가 내 가슴에 와 안길 때 작은 심장의 팔딱임이 삶의 환희로 다가온다. 그리고 내 아이를 키울 때는 미처 온전히 맛보지 못했던 것, 작은 생명이 하루하루 성장해 가는 과정을 느긋하게 지켜보며 사랑을 흠뻑 퍼부을 수 있는 특권과 그 행복을 어찌 젊음이 줄 수 있겠는가.

잠에서 깨어나 눈부신 아침 햇살을 다시 만나면 내가 살아 있음이 축복으로 다가올 때가 있다. "언젠가 죽는다고 생각하면 가볍게 날아가는 까치도 다시 보아진다.''는 어느 작가의 말처럼 앞으로 남은 세월이 이제까지 살아온 세월보다 훨씬 짧음을 깨달을 때 하루하루가 더욱 소중하게 다가온다. 죽음이 아득히 멀리 있지 아니하고 바로 내 가까이 있음을 느낄 때, 순간순간이 더없이 귀한 보석처럼 여겨진다. 노년이야말로 현재를 마음을 다해서 살 수 있고 이 순간을 감사하며 누릴 수 있는 시기가 아닐까.

박물관에서 '조선시대 풍속화'를 보고 나오다가 오늘도 '불로문'을 통과했다. 이렇게 자주 이 문을 들락거리다가 영영 늙지 않으면 어쩌나 하는 마음에도 없는 걱정을 하며 헛웃음을 터뜨린다.

장밋빛 거짓말

저녁 늦게 승용차를 몰고 집으로 돌아오는 길이었다. 라디오에서
는 한국에 거주하는 외국인 세 명을 불러다 놓고 이야기하는 프로그
램이 흘러나오고 있었다. 사회자가 문제를 낼 테니 맞춰보라면서 다
음 네 가지 말 중에서 거짓말이 아닌 것을 고르라는 것이었다.

1. 장사꾼이 '밑지고 판다.' 2. 노인이 '빨리 죽고 싶다.' 3. 사랑에
빠진 남자가 '당신만을 영원히 사랑할 거야.' 4. 처녀가 '시집 안 간
다.'

루마니아에서 왔다는 여자가 남자 둘을 제치고 정답은 3번이라고
재빨리 대답했다. 다른 답들은 말하는 사람이나 듣는 사람이나 모두
사실이 아닌 줄 아는 말이지만 3번은 그렇지 않다는 것이다. 그것은
세월이 지난 다음에 거짓말이 될 수도 있지만 그 말을 하는 순간에
는 진심이라는 것이다.

'거짓말'이라는 말 자체는 부정적 의미를 지니고 있다. 하지만 거

짓말이라고 해서 모두 부정적인 면만 있는 것은 아니다. 알고 보면 우리는 많은 거짓말을 하며 산다. 그렇다고 해서 상대를 속이려는 악의를 갖고 거짓말을 하는 경우는 별로 많지 않으리라.

오랜만에 만난 옛 친구에게 "넌 하나도 안 변했다. 옛날이나 똑 같구나."라든가 새 옷을 입은 사람에게 "그거 입으니까 십년은 젊어 보인다." 따위의 말을 우리는 심심치 않게 한다. 이런 거짓말은 분위기를 띄우기 위한 빈말이지만, 듣는 사람도 사실이 아닌지 뻔히 알면서도 싫지 않으니 해로울 것이 없지 않은가.

때로는 거짓말을 강요당할 경우도 있다. 병원에서 '사형선고'를 받은 환자에게 가족들은 진실을 말하지 못한다. 환자를 안심시키고 희망을 갖게 하려고 눈물을 머금고 거짓말을 하지 않을 수 없게 된다.

그밖에도 난처한 상황을 모면하기 위해서라든가 진실을 말하기가 거북할 때 우리는 적당한 말로 얼버무린다. 또는 작은 잘못이나 실수를 그럴듯한 말로 둘러대기도 하고, 단순한 겸양지덕으로 '좋다'거나 '괜찮다'는 말을 하기도 한다. 그런데 엄밀하게 따지자면 이런 말들도 모두 거짓말이다.

'새빨간 거짓말'이라거나 '흰소리'라는 말이 있는 것을 보면 거짓말에도 색깔이 있나보다. 거짓말이란 말하는 사람의 의도에 따라 색깔이 달라지는 것이 아닐까. 누구나 다 참말이 아니라는 것을 뻔히 알 수 있는 것은 '새빨간 거짓말'이라 하고, 터무니없이 자랑을 하거나 허세를 부리는 말은 '흰소리'라고 한다. 영국에서는 남에게 해를 끼치지 않는 것은 '하얀 거짓말', 죄가 되는 것은 '시커먼 거짓말'이라고 하니 우리말과 별로 다를 것도 없다. 그런데 이 세상에는 이런 것 말고도 위의 3번처럼 달콤한 거짓말도 있다.

생각해 보면 우리는 가장 가까운 사람, 사랑하는 이들에게 가장 많은 거짓말을 하며 산다. 연인, 배우자, 자식 또는 부모 같은 사람들에게 말이다. 그들에게는 무엇이든지 다 주고 싶은 마음이니까 실현 가능성이라든가 자신의 능력을 깊이 생각할 여지도 없이 먼저 그 마음부터 그들에게 주기 때문이다.

그러니까 연인이나 배우자는 그런 거짓말을 많이 들을수록 행복한 셈이다. 연인에게 "하늘의 별이라도 따다 줄게."라든가 중년 아내의 두루뭉술한 허리를 감싸 안으며 "요 개미허리."라고 속삭일 때가 가장 행복한 순간이다. 그 말을 듣는 이는 그 달콤한 울림에 탐닉할 뿐 그 실현성이나 진위 따위를 따지려 하지 않는다. 그런 거짓말을 주고받지 못한 사람들은 사랑이 무엇인지, 행복이 무엇인지를 모르는 이들이라고 해도 지나친 말은 아니리라.

이런 거짓말을 보통 '달콤한 거짓말'이라고 하는데, 이 달콤함은 어떤 색깔로 표현할 수 있는지. 아마도 '장밋빛' 정도가 어울릴 듯하다. 그렇다면 이런 장밋빛 거짓말이 없는 세상은 어떨까.

아빠는 아이들과 새끼손가락을 걸고 한 약속을 어쩔 수 없이 지키지 못하게 될 때가 있다. 흔히 아이들은 "에이, 아빠는 거짓말쟁이야."라고 투덜대지만 지킬 수 없는 약속을 남발하는 아빠에게 조르고 투정하며 승강이를 벌이는 것도 사실 아빠와 함께 하는 즐거운 시간이라고 생각할 수 있다.

김치와 된장찌개뿐인 밥상 앞에서 "아빠가 돈 많이 벌면 매일 갈

비구이 사줄게.”라든가 “조금만 기다려, 당신을 꽃방석에 앉혀줄 테
니”라고 말한다면 가족들은 가난과 역경 속에서도 마음은 푸근하고
유머를 아는 여유를 지니게 된다. 그러나 무지갯빛 꿈이라든가 귀를
간질이는 빈말이나마 오가지 않는다면 그 가정에는 냉기만이 감돌
것 같다.

　누구나 참말이 아닌지는 알지만, 그 말로 상대방에게 상처를 주거
나 어떤 해를 끼치지 않는다면 그런 거짓말은 굳이 나무랄 필요는
없으리라. 오히려 그로 인해서 잠시나마 구름을 탄 듯한 기분이 되
고 한바탕 웃을 수 있다면 그것은 우리의 팍팍한 삶에 윤활유가 되
고 찌든 삶에 활력소가 된다. 그러고 보면 ‘장밋빛 거짓말’은 우리
삶에서 없어서는 안 될 필요악이 아닐까.

　오늘밤에는 남편에게 “다음 세상에 태어나면 우리 다시 부부로 만
납시다.”라고 말해봐야지.

이별

더없이 좋은 가을날이다. 이승에 왔다가 가시는 마지막 길을 어머니는 이렇게 좋은 날로 택일하려고 그리도 오래 기다리셨을까. 마른 나뭇가지처럼 바스러질 것 같던 어머니의 모습이 무르익은 가을이 비치는 차창 위로 겹쳐진다.

몇 만 겁의 인연으로 어머니의 몸을 빌려 이 세상에 온 나. 60년을 넘게 어머니와 자식의 연緣으로 살다가 이제 어머니를 떠나보낸다. 먼저 보내드리니 자식의 도리는 한 것일까. 어머니는 나중에 갈 사람들을 앞서 보내는 아픔을 너무도 여러 번 겪으셨기에, 당신의 분신들을 두고 가시는 발걸음은 오히려 가벼우실 거라는 생각마저 든다.

내가 겨우 여섯 돌이 지난 초겨울에 나는 엄마와 첫 이별을 하게 되었다. 큰언니의 손을 잡고 중국 상해를 떠나 조부모가 계신 개성開城으로 돌아온 것이었다. 어머니의 산달이 가까워 와서 부모님은 세

살짜리 동생을 데리고 남아 계시고, 큰 아이들 넷을 먼저 귀국시킨 것이다. 여학교 졸업반이던 큰언니가 동생 셋을 데리고 떠난 긴 여행이었다.

우리는 큰 배로 강을 건너고, 며칠 낮 며칠 밤을 기차를 타고 고향으로 돌아왔다. 하늘과 강물이 온통 잿빛이던 날, 갑판 위에서 내려다본 강물에는 엄마의 얼굴이 커다랗게 출렁이고 있었다. 그것을 보자 목구멍까지 차 있던 눈물이 다시 샘물처럼 솟았고, 가슴이 뻥 뚫린 것 같은 허전함은 나를 삼켜버릴 것만 같았다. 강물 위에 눈물과 함께 일렁이던 엄마의 얼굴은 그 후 오랫동안 나를 놓아주지 않았다.

초등학교에 입학해서 1학기를 다니고 여름 방학이 시작되었을 때, 부모님은 동생과 아기를 데리고 돌아오셨다. 엄마와 떨어져 산 그 길지 않은 세월은 어린 내게는 영원과도 같은 시간이었다. 기다림에 목이 타는 듯하던 갈증이 채 가시기도 전에 나는 다시 엄마와 헤어지게 되었다. 해방이 되자 이번에는 동생 둘과 대학에 들어가야 할 큰언니를 데리고 부모님이 서울로 올라가신 것이다. 나도 서울로 전학 갈 때까지, 또 다시 여러 달을 나는 엄마가 개성에 내려오시는 날만을 손꼽아 기다려야 했다.

마침내 전학 가서 온 식구가 함께 모여 살면서도, 나는 학교에서 돌아와 엄마의 목소리가 들리지 않으면, 대문에서부터 맥이 풀리면서 눈물이 핑 돌았다. 엄마가 계시지 않은 집은 빈집이나 같았기 때문이다.

고등학생이 된 후에도 나는 늘 엄마를 찾았다. 그러나 2학년쯤 되었을까, 어느 날 학교에서 돌아와 보니 엄마가 집에 계시지 않았다. 그런데 이게 웬일일까, 여느 때와는 달리 아무렇지도 않은 것이 아닌가. 정말 이상한 일이었다. 엄마가 집에 계시지 않는데도 허전하지도 않고 짜증도 나지 않다니. 아마 그 날에서야 어머니에 대한 갈증은 해소되었나 보다. 그리고 그때부터 '엄마'라는 말 대신에 '어머니'라고 부르기 시작한 것 같다.

대학을 졸업하고 몇 년 후, 이번에는 내가 어머니 곁을 떠났다. 하지만 지구 반대편이라는 지역적인 거리를 나는 극복할 수 있었다. 그것은 물론 쉬운 일은 아니었다. 그러나 어머니는 여전히 나를 지탱해 주는 기둥이요 내 등을 토닥여주는 손이라는 믿음 때문에 나는 그 외로움을 극복해낼 수 있었을 것이다. 그런데 마흔이 지나고 몇 해가 지났을까, 어느 날 문득 어머니의 존재가 전처럼 그렇게 절실하지 않음을 깨닫고는 소스라치게 놀랐다. 내 안에서 어머니가 차지하는 자리가 차츰 작아짐을 느끼자 무슨 죄라도 지은 듯 당혹스럽기조차 했다.

어머니에게서 언제부터인지 당신의 낙樂이던 자식의 생일 챙기는 전화가 끊어진 것을 나는 한동안 모르고 지냈었다. 어느 해에는 내 생일이 엊그제였음을 뒤늦게 알고 전화를 하셨는데, 그런 어머니에게서 나는 당신의 늙음을 보았고 그 사실이 충격으로 다가왔다. 어머니는 이미 내가 의지할 든든한 나무가 아니라 내가 돌보고 보호해야 할 수명이 다해가는 고목이 되셨다는 것을 비로소 깨달았던 것이다.

어머니가 당신의 목숨보다 소중하던 자식들을 알아보지 못하기를 3년여. "나, 누구인지 아세요?" 하고 여쭈면 대답을 할 수 없어 미안한 듯 멋쩍은 미소만 지으셨다. 딸이 낯선 얼굴로 비치는 어머니, 대화를 나눌 수 없는 어머니를 뒤로 하고 돌아올 때 어머니는 이미 내 곁을 떠나셨다는 섬뜩한 느낌에 가슴이 무너져 내렸다. 기쁨을 함께 나누고 어려움을 하소연할 수 있는 어머니는 더 이상 계시지 않았다. 당신의 육신은 아직 존재하지만 영혼은 이미 내 곁을 떠나셨음을 인정해야 하는 아픔은 너무도 컸다.

누구인지도 모르면서 아무에게나 "감사합니다, 감사합니다."를 수없이 되뇌시던 어머니. 아마 슬픔도, 근심도, 미련도, 애착도, 켜켜이 쌓인 한도 모두 털어 버린 자유로움에 감사하신 것이 아닐까. 어머니는 이승을 떠나기 전에, 당신을 얽매고 있던 모든 인연의 줄을 놓아버리셨는지도 모른다.

이렇게 어머니는 나에게서 떠나가셨다. 육신이 떠나기도 전에 한 발짝 두 발짝 멀어져 갔다. 당신을 영영 떠나보내는 자리를 조금이라도 수월하게 해주려고 이렇게 마련하신 것은 아닐까. 내가 긴 세월 숱하게 겪으며 익숙해진 이별은 이 마지막을 위한 준비가 아니었나 싶다.

황금빛 은행잎이 발끝에 채인다. 낙엽이 소리 없이 내려앉는다. 한껏 곱게 차려 입은 잎들을 가볍게 날려 보내는 모습이 아름답다. 백년이 거의 다 되도록 어머니가 걸치고 산 낡고 빛바랜 육신을 훌훌 벗어버리고 가시는 길도 날듯이 가벼우시리라.

허숭실

soong411@hanmail.net

경기여고, 이대 불문학과 졸업
한국문인협회 회원, 이대문인회 회원
이음새 수필문학회 회원

그리운 초상_{肖像}

　사진으로 남은 삶의 흔적은 시공을 초월할 수 있어서 자유롭고 감동적이다. 그 순간에만 지닐 수 있었던 표정을 삶의 궤도가 바뀐 후에도 생생하게 볼 수 있다는 것은 시간과 문명이 빚어낸 선물이다.

　희미해진 흑백 사진 한 장에는 학창시절에 친구들과 불문학 교수 두 분을 모시고 효자리의 밤골로 소풍갔던 날의 모습이 담겨있다. 불문학사는 문과생이면 임의로 수강하던 과목이어서 영문과와 도서관학과의 친구들도 그 강의를 듣고 불문과 교수님과 친밀하게 지냈다. 전공과 학교는 각각 다르지만 중학교 때부터 동아리로 활동하던 친구들이어서 가을 나들이에 쾌히 동참했다. 제이가 주선한 모임이라 그녀의 외가댁에서 가을걷이와 밤 터는 것도 구경하고 푸짐한 시골밥상을 대접받았다. 계곡에 나가 바위에 정겹게 모여앉아 찍은 한 장의 사진이 잃어버린 시간을 따라 묻어간 기억을 되살려 주었다.

　청명한 가을햇살 속으로 와르르 퍼져나가던 웃음소리를 쫓아 추역의 쪽문을 열었다.

김봉구 선생님의 머리에 하얀 손수건이 얹혀 있다. 엽엽한 행자가 모자대신 수건으로 햇볕을 가려드린다고 아사 손수건을 얹어 놓고는 짐짓 태연한 척 뒤에서 웃고 있다. 여학생들의 마음을 설레게 하던 그 신비스런 미소를 띠고 이진구 선생님은 바위에 기대셨다. 서울대학생인 제이는 김봉구 선생님의 애제자임을 증명이라도 하려는 듯 그 앞에 얌전히 앉았다. 나도 질세라 이진구 선생님 곁에 바싹 다가 앉아있다. 영문학도인 민이는 뒷줄에서 상큼한 미소를 짓고 있다. 그런데 옥이는 그 순간에 햄릿을 떠올렸던가, 자못 심각한 표정이다. 글래머의 매력을 띤 임이는 맨발의 백작부인답게 김봉구 선생님에게 은근히 기대어 섰다. 주변 사람들을 늘 배려하던 케이는 이진구 선생님 뒤로 조심스럽게 몸을 기울이고 있다. 사진속의 모습들은 모두 건강하고 꿈에 부풀어 있다. 시원한 가을바람이 투명한 햇살에 업혀 바위틈으로 흐르는 물살을 간질이고 있다.

심혼을 기울여 강의하시던 젊은 날의 두 분 교수님의 모습을 뵈니, 우리들이 왜 그토록 흠모했었는지 고개가 끄덕여진다.

이진구 교수님의 불문학사 강의는 작품을 통해서 만났던 작가들을 시대별로 정리하면서 역사의 흐름 속에서 새로이 만날 수 있었다. 그로 인해 작품보다 작가의 삶에 더 흥미를 갖고 빠져들게 되었다. 그 중에도 뮈세와 쇼팽과의 열애로 유명한 전원작가 조르쥬 상드는 여류작가여서 관심의 대상이었다. 행동주의 문학가였던 생텍쥐페리의 문장은 간결하고도 깊은 울림을 주어서 특히 좋아했다. 문예사조에 획을 그었던 빅토르 위고, 플로베르, 에밀 졸라, 말라르메,

사르트르… 등. 그들의 작품을 붙잡고 씨름하던 날들이 그립다.

다감하신 이진구 교수님은 많은 여학생들의 흠모를 받는 로맨틱한 선비이셨다. 어느 상급생과 교수님이 가깝다는 소문을 듣고, 학기말고사 대신 리포트를 제출해야 하는데도 나는 일부러 제출하지 않았다. 선생님은 교수실로 나를 부르셔서 리포트를 제출하지 않은 사유를 들으시고는 "바람의 소리를 들어 보았느냐?"고 물으셨다. 그런데도 교수님은 엉덩이에 뿔이 난 학생에게 B학점을 주셨다. 그때의 일을 생각하면 아직도 머리에 숯불을 얹은 듯하다. 선생님의 그 말씀은 내 삶에서 방향키가 되어 소리를 걸러들을 수 있게 되었다.

졸업 후에 이진구 교수님이 위중하시다는 소식을 듣고 댁으로 찾아뵈었을 때엔, 그 고통 중에도 선생님께서는 서서 글을 쓰고 계셨다. 우리를 맞으시며, 앉아서 글을 쓸 수만 있으면 더 바랄 게 없겠다고 하던 분을 하나님은 왜 그렇게 일찍 부르셨을까.

서울대학 교수이신 김붕구 선생님은 보들레르의 시를 강의하기 위해서는 어느 강단이고 사양치 않으셨다. 덕분에 우리 대학에서도 교수님의 보들레르 강의를 들을 수 있는 행운을 얻었다. 학생들은 교수님의 강의를 들으면서 보들레르에 깊이 매료되었다. 시인의 고뇌와 찢겨진 영혼의 울부짖음이 마치 우리 젊음의 상처인 양 아파했던 모습들이 눈에 선하다. 보들레르에 심취했던 제자를 기억하시고 졸업한 지 14년이나 지난 어느 봄날, 갓 출간한 보들레르 평전을 한 권 주셨다.

김붕구 교수님은 그 책을 '사랑의 서書이며, 집념의 탑이자 보은의

비碑'라고 표현하셨다. 선생님이 그렇게 말씀하신 데는 깊은 사연이 있었다. 결혼을 일주일 앞두고 6·25 전쟁이 터지자 선생님은 약혼녀와 함께 피해 다니다가 8월의 어느 새벽에 선생님이 러닝셔츠 차림으로 끌려 나가셨다. 그때 약혼녀께서 수소문 끝에 선생님이 갇혀있던 가시철망 사이로 프랑스 현대시선집과 불어사전을 넣어드렸다. 아비지옥 속에서도 인간의 품위를 잃지 않고 견딜 수 있게 한 것은 보들레르의 시였다. 살아서 인간세계로 돌아가게 된다면 기어이 그 이방의 시인을 다시 찾아보리라는 발원이 26년 만에 보들레르 평전으로 탄생한 것이라 하셨다. 교수님은 그때까지도 보들레르로 인한 열병에서 깨어나지 못하신 것 같았다. 아마도 영원히 깨어나고 싶지 않으셨을지도 모른다.

우리에게 낭만과 열정을 안겨주시던 두 분 교수님과 학창시절의 추억들이 사진 속에 선명하게 살아 있다. 그러나 두 분 선생님은 이미 본향으로 돌아가셨으니, 다시는 그 명 강의를 들을 수 없어 애석하기 그지없다. 불문학계의 전설이 되신 두 분 교수님을 향한 사모의 정은 아직도 식지 않은 채 그리움으로 남아있다.

고고하게 싱글로 살아가는 귀여운 여인도 있지만, 우리도 이미 세 친구는 남편과 사별하였고, 미국에 거주하는 친구들도 있다. 사진속의 느낌은 옛날 그대로인데 세월이 만들어내는 변화는 거부할 수도 부인할 수도 없는 진실이 슬프다. 생명과 꿈조차도 하나님의 뜻에 달렸음을 다시금 깨달으며, 추억의 쪽문을 닫고 내 자리로 돌아와 하늘을 올려다본다.

동인재 이야기

정발산이 가까이 바라보이는 일산 신도시 주택가에 둥지를 틀게 된 것은 1999년 말, 20세기의 끝자락이었다. 건축가인 남편이 손수 설계하여 여섯 달에 걸쳐서 지은 3층집에, 세 호주의 이름에서 한 글자씩을 따다 '東仁齋'라 이름 지어 현판을 걸었다. 아파트 문화에 젖어 있던 생활을 과감히 청산하고, 하루 종일 금빛 햇살이 드는 동인재에 우리 삼남매가 보금자리를 폈다. 모두들 마음의 빗장을 풀고 새천년의 밝은 해와 함께 새 삶을 맞이했다.

두 남동생은 2층과 3층에 자리를 잡고, 우리 부부는 연장자라는 명목으로 1층에다 짐을 풀었다. 예전처럼 대가족이 함께 사는 것 같지만, 각 층마다 사생활이 존중되고 간섭을 받지 않는다. 동인재의 어느 층, 어느 방에서나 하늘을 바라볼 수 있고, 나무들의 표정을 읽을 수 있다. 지하층에는 공동서재와 가족모임 등을 위한 음악실을 마련했다. 또한 악기제작을 위한 작업실까지 갖췄다.

서재에는 돌아가신 친정아버지의 손때 묻은 장서를 중심으로 세 집의 책들을 모아서 공동서재로 꾸몄다. 서재는 만남과 대화와 묵상의 공간이다. 그 방에 가면 타임머신을 타고 아득한 옛날로 돌아갈 수 있고, 세계 곳곳을 누비며 작가들의 다양한 목소리를 들을 수도 있다. 조카들은 그 곳에서 친구들끼리의 동아리 학습과 독서모임을 갖곤 한다.

남편은 현악기를 제작하고 싶은 꿈을 실현하기 위해 정년도 되기 전에 건축가의 길을 미련 없이 접었다. 그리고 자신의 호를 따 목운공방木韻工房이라 부르는 작업실에 들어앉았다.

그이가 집을 설계할 때마다 노자 사상의 '빈 공간의 쓸모 있음'(無의 功效)을 강조해 왔듯이, 방을 넓히는 데 쓰이지 못한 공간이 실내 정원으로 자리 잡았다. 자연을 건물 속에 담고 싶어 하는 마음이 중정中庭을 만들게 한 것이다. 한옥의 대청마루가 땅을 밟지 않고도 외부와 접할 수 있듯이, 실내 정원은 천창을 통해 들어오는 햇빛과 바람을 맞으며 집안에 앉아서도 우주와 호흡하고 있음을 느끼게 해 준다. 또한 한옥의 뒤란에서 맛볼 수 있는 넉넉함의 공간도 있어 저장용 항아리들을 내다놓았다. 하얀 자갈이 깔린 중정에 심겨진 대나무들은 집안의 오염을 정화시켜주고 사각사각 댓바람 소리도 들려준다. 봄마다 힘차게 솟아올라 일주일이면 사람 키를 훌쩍 넘기는 죽순에서 생명력의 신비로움을 느끼게 된다.

열린 공간에서 살아가면 자연히 마음도 열리게 되나 보다. 사, 오, 육십 대의 세 가정이 한 울타리 안에 살지만, 아직까지 얼굴 붉히는 일없이 화목하고도 활기차게 지내고 있다. 시누이와 올케가 한 지붕

밑에 산다면 누구나 고개를 갸웃거릴 게다. 하지만, 신의 사랑에 버금가는 어머니의 마음으로 살고 있는 동인재의 여인들 덕분에 한결같이 화평을 누릴 수 있으리라. 우리의 둥지에서도 가정마다 가슴 쓸어내릴 크고 작은 일들이 어찌 일어나지 않겠는가. 그럴 때마다 서로 의지하고 협력하며 위로를 받을 수 있기에, 동인재에서의 삶은 부모님 슬하에서 누리던 푸근함으로 그득하다.

개인의 삶이 중심이 되어 시간과 베풂에 인색하고 감정이 메말라 가던 핵가족들이 하나의 둥지에 모였다. 동인재는 '집이 곧 재산 증식의 지름길'이라는 현실적인 안목으로 보면 보잘 것 없지만, 가족들이 알뜰한 정을 나누며 행복이 어떤 것인지를 새록새록 깨달아가는 사랑의 성역이다.

3층에 사는 둘째 동생의 쌍둥이 손자들이 빚어내는 소리는 생명의 함성이며, 시들어가는 우리들의 세포에 생기를 불어넣어 주는 비타민이다. 장모님을 모시고 4대가 함께 살면서 강아지도 네 마리나 기르고 있어서 그 집에는 삶의 열기가 넘쳐흐른다. 집안의 대부 격인 둘째 동생은 워낙 호인이라서 객식구들이 끊이지 않고, 언제나 잔칫집 분위기다.

2층의 막내 동생네 작은딸은 열 살이 되어서도 혼자서는 먹지도 걷지도 못하는 아이다. 그애는 명랑한 곡에 맞추어 고개를 까닥대며 흥겨워하다가도 슬픈 곡이 나오면 입을 삐죽거리며 울음을 터뜨리는 절대음감을 지녔다. 그 아이는 행복이 어떤 것이며, 무엇을 감사해야 하는지, 궁극적인 소망을 어디에 두어야 하는가를 일깨워 주는 날개 없는 천사다. 온 식구가 그 아이를 사랑하면서 소중하게 여기는 모습은 가슴적시는 긴 시詩다. 고등학교 선생인 막내 동생의 집에는 제자들의 발길이 끊이지 않는다. 명절에 세배를 오는 제자들, 군대에서 첫 휴가를 받고 선생님의 집으로 먼저 인사를 오는 제자들, 취직되었다고 한걸음에 달려오는 제자들을 볼 때마다 아직은 스승이 건재하고 있음을 확인하면서 청소년 교육에 희망을 싣게 된다.

아들들이 직장 때문에 멀리 떨어져 살고 있어서 손녀도 자주 볼 수 없지만, 우리 부부는 함께 사는 동생 식구들로 해서 적적함을 느낄 새가 없다. 한두 자녀만 기르는 가정에서는 체득하기 어려운, 사촌 형제들끼리 어울리면서 양보와 배려를 저절로 익혀가는 조카들이 대견하고 고맙다. 명절이나 식구들의 생일에 20여 명이 지하의 음악실에 모여 장기자랑을 할 때, 아이들의 숨은 재능을 발견할 수 있는 기회가 되기도 한다. 성량이 풍부한 셋째 조카딸은 드디어 음대를 지망하고 요즈음엔 발성법에 혼신의 힘을 기울이고 있다. 지난 가을에 큰 조카딸의 함이 들어오던 날, 짓궂은 함진아비들을 맞이하기 위해 남편은 아코디언을 연주하며 애교를 부리기도 했다. 그날, 떡을 좀 넉넉히 해서 이웃에 돌렸더니, 어느 집에서는 동인재에 하도 많은 사람들이 드나들어서 사이비 종교집단으로 의심했다고 해서 한바탕 폭소를 터뜨렸다.

올 새해 아침에 세배를 하고 덕담을 나누는 가운데 세대교체가 이루어졌다. 새해부터는 집안의 애경사 일체를 막내 동생이 맏조카와 함께 관리하겠다고 자청하고 나섰다. 오랜만에 형제들의 번다한 대소사를 막내에게 물려 준 둘째동생은 흐뭇한 감정을 감추지 못했다.

동인재는 남매들 가족 사대四代가 이웃들과 어울려 정겹게 살아가

는 소우주小宇宙다. 사철 내내 집 안팎에서 꽃나무를 가꾸고, 새들이
강아지와 함께 놀 수 있는 꽃동산이다. 훈김이 도는 둥지 안에서 자
잘한 일상사를 통해 사랑의 실마리를 발견하고 정과 추억을 쌓아가
며, 자유와 휴식을 누리는 낙원이다.

아우슈비츠

홀로코스트, 그것은 유대교의 전번제全燔祭로 신에게 짐승을 통째로 구워 바치는 제사의식이었다. 나치스는 집권 12년 동안에 400 여만 명의 유대인을 학살하는 홀로코스트를 자행했다.

2006년 5월 30일, 체코의 브르노를 거쳐 폴란드의 오슈비엥침에 있는 집단학살수용소인 아우슈비츠에 도착했을 때는 저녁 6시였다. 유럽의 여름엔 오후 9시나 되어야 우리나라의 초저녁처럼 어둠이 내리기 시작한다. 그러나 우리가 아우슈비츠에 도착했을 때 이미 어둑어둑했다. 비가 내리고 있기도 했지만 차마 환한 빛을 받으며 그 모습을 보여줄 수 없었던지 어둠이 일찍 찾아왔다.

아우슈비츠에서 잠들지 못한 영령들이 우리를 눈물로 맞았다. 정문에 '노동은 자유를 만든다'는 글이 새겨져 있다. 그 글은 노동이 만들어준 자유는 참혹한 죽음이었다고 증언하는 것으로 보였다. 회색빛 하늘 아래 28동의 붉은 벽돌 건물과 철조망, 일거수일투족을 감시하던 망루들, 총살 집행장과 나무형틀, 시체를 태우는 연기가 솟던 굴뚝들이 침울함으로 젖어있었다. 그 모든 것들은 마치 시체를 만졌을 때나 느껴지는 오싹한 냉기를 뿜어내고 있었다. 샤워실이라 며 사람들을 빼곡히 밀어 넣고 치클론 비(Zyklon-B)로 독살하던 가스실은 텅 비어 있었지만 아이를 부둥켜안은 어머니들의 울음소리로 꽉 찬 듯했다. 수인들을 대상으로 의학실험을 하던 수술대에서는 아직껏 피 비린내가 훅 끼치는 것만 같았다.

수용소를 그대로 이용한 박물관에는 유대인들이 남기고 간 동그란 안경과 책들이 첩첩이 쌓여있었다. 남루한 옷과 낡고 찌그러진 구두 그리고 의족, 의수들까지 수천 개씩 방마다 가득했다. 가죽트렁크는 언젠가 다시 찾아 들고 고향으로 돌아갈 것을 믿고 있었던 듯 가방에 주소와 이름이 또렷하게 적혀있었다. 잊을 수 없는 것은 어린아이의 유일한 친구였던 조그만 인형이 전시진열장 안에 누워 있는 모습이었다. 그것을 품고 자며 꽃밭에서 소꿉놀이 하는 꿈도 꾸었을 천진한 아이는 연기로 사라지고 손때 묻은 인형만 남아서 손님을 맞고 있었다. 어린아이들의 옷, 그중에도 배냇저고리는 가슴이 저려서 자세히 볼 수가 없었다. 박물관을 둘러보면서 내내 토할 것처럼 가슴이 울렁거렸지만 특히, 가스에 질식할 때 양털 색으로 변한 머리카락으로 짠 피륙을 보았을 땐 심장이 멎는 듯 손끝까지 온몸이 싸늘해졌다. 하늘에서 흐리는 그들의 눈물로 옷을 적시며 나의 뺨과 가슴도 뜨거운 눈물로 젖었다.

우리가 본 아우슈비츠 1호는 가장 규모가 작은 수용소였다. 그곳에서는 유대인뿐만 아니라 수십만 명이 넘는 폴란드 정치범들과 집

시들도 학살되었다. 브제진카에 세워진 2호와 드보리의 3호는 1호 수용소보다 몇 배나 더 큰 규모였으나 독일이 패망하면서 폭파시켜 없애버렸다고 한다. '쉰들러리스트'의 촬영장소이었던 때문일까, 아우슈비츠를 떠날 때 영화에서 보았던 유대인들이 아우성치며 수용소에서 몰려나오는 환영幻影을 보았다. 가조브니체크 대신 죽음을 자청한 폴란드의 콜베 신부는 시종일관 평온했다는 기록을 떠올리며 그 환영을 털어냈다.

다음 여행지인, 400년 전의 폴란드 수도였던 크라쿠프로 가고 있을 때, 우리를 인솔하던 슬로바키아인 버스기사도 눈물을 흘리며 운전하고 있었다. 유럽에 거주하는 유대인들을 멸살시키기 위해 그 수용소들을 세웠다니 어떻게 그러한 일이 있을 수 있었을까?

독일이 1차 대전에 패한 후 대공황까지 닥친 상황에서 1933년에 집권한 나치스당은 독일국민의 불평을 가라앉히기 위한 정책이 필요했다. 그래서 독일의 상권을 장악하고 있는 유대인을 희생양으로 삼게 되었다. 그 정책의 이면에는 국가 지도자의 그릇된 철학이 불씨가 된 것이라고 볼 수 있다.

히틀러는 그의 책 『나의 투쟁』에서 인종이나 개인 사이에 존재하는 불평등은 자연의 질서라고 역설하고 있다. 그는 아리안족의 우월성을 강조했고 동방진출을 꿈꾸었다. 열등한 민족을 멸종하고 추방하려는 그의 세계관 밑바탕에는 개인적으로 유대인을 증오했던 씨앗이 자라고 있었다. 오이디푸스 콤플렉스에 사로잡힌 그는 아버지를 미워하였을 뿐만 아니라 어머니의 정부였던 유대인을 죽도록 증오하였다. 또한 화가가 꿈이었던 히틀러가 비엔나 미술학교에서 두 번이나 낙방했을 때 채점을 맡았던 교수도 유대인이었다. 한 개인의 마음에 각인된 증오심이 세상을 경악케 한 잔인성과 광기를 드러냈던 것이다. 그는 무고한 사람들을 학살했을 뿐만 아니라 자신도 역사의 악인으로 기록하며 파멸하고 말았다.

나치스는 왜 하필이면 폴란드에다 아우슈비츠를 설치했을까? 나는 그곳을 방문하고서야 의문이 풀렸다. 폴란드가 유럽의 중앙에 위치하고 있으며 수용소를 세운 지역은 격리수용과 철도수송이 용이했다. 또한 14세기에 실시한 유대인 이주정책의 결과로 폴란드가 유대인들의 최대 거주지였던 것이다. 히틀러의 망상에 의해 자행되었던 참극의 현장이 지금은 관광지로서 경제에 한몫을 하고 있다니 역사의 아이러니인가?

독일의 브란트 수상은 역사가 저지른 악역의 후손으로서 1970년에 바르샤바의 게토에 가서 무릎 꿇고 사죄하였다. 그런데 일본은 여전히 야스쿠니 신사참배를 하며 역사를 왜곡하고 있다. 아우슈비츠의 관람객을 분석해보면 독일인과 유대인이 가장 많다고 한다. 특히 독일학생들은 수학여행지로 그곳을 반드시 방문한다는 것이다. 유대인들은 그 피해와 상처를 치유할 수는 없지만 홀로코스트 추모일을 정해 매년 아우슈비츠를 빌려 추모행사를 하고 있다. 그 행사기간에는 일반인에게는 개방하지 않는다고 한다.

아우슈비츠의 생존자인 프리모 레비는 그가 겪은 일들을 책으로 남겼다. 그의 첫 번째 저서 『이것이 인간인가』에서 사람이라면 도저히 할 수 없는 일들이 죽음의 수용소 안에서는 실제로 행해졌다고 증언했다. 수인들을 정신적 조난자로 만들었던 굴욕과 부도덕에서 자신을 지키겠다는 의지가, 그를 살 수 있게 했다고 고백했다. 그렇게 살아남은 그가 고향인 이태리의 토리노에서 1987년에 자살로 생을 정리했다. 죽음만이 사십여 년 동안 잊고 싶어도 잊혀지지 않는 악몽으로부터 그를 자유롭게 만든 것일까?

유럽에서 일어난 홀로코스트가 세계역사의 한 페이지라고 넘기기엔, 일본을 향한 우리의 마음은 아직도 풀리지 않은 매듭과 아픔으로 남아있다. 또한 '아우슈비츠는 끝나지 않았다'고 경고하는 프리모 레비의 절규를 흘려들어서는 안 될 것이다.

류명달

rmdal@naver.com

한국문인협회 회원, 이음새수필문학회 회원,
문학의향기 회원

아름다운 소통

　보통의 나들이는 갈 때와는 다르게 기대에 못 미쳐 돌아오는 경우가 허다하다. 그런데 얼마 전의 산사 나들이는 내게 아름다움과 뿌듯함을 안겨 주어선지 쉬 잊혀지지가 않는다. 전남 부안의 내소사를 찾았을 때다. 출발 전부터 안개비가 자욱해 우산을 준비했었다. 그것이 그 아름다운 광경을 창출하는 기연이 될 줄은 짐작조차 못한 일이다.

　그날 70여 대의 버스에서 내린 사람들이 어림잡아 삼천여 명은 되어 보여 놀라움을 금치 못했다. 더욱 놀라운 것은 그 도반들의 질서 정연함이다. 스스로 줄을 지으며 우산을 받쳐 든 채 산사로 가는 모습은 장관이 따로 없었다.

　뒤돌아보니 그리 좁지 않은 길이 색색의 우산으로 꽃밭이 무색할 지경이었다. 단비에 잎망울을 부풀리고 있는 단풍나무 숲길이었지만 나는 오히려 만발한 우산 꽃에 더 취하는 것 같았다. 자연히 사람들의 걸음도 굼떠지는 듯 했다.

그때였다. 누군가의 우산살이 내 눈언저리를 찌르는 바람에 정신이 번쩍 났다. 앞 사람의 우산이 뒤로 젖혀진 탓이다. 눈동자를 비켜나가 다행이었지만 아찔한 순간이었다. 주위를 둘러보니 나뿐만이 아니었다. 우산살에 찔린 사람, 머리카락이 말린 사람 등, 크고 작은 소요가 일고 있었다. 피해자 가해자가 따로 없는 난감한 상황임에 분명했다.

그때였다. 앞서 가던 한 노 보살이 주위를 둘러보더니 우산을 접은 채 아무 일 없다는 듯 태연하게 걷기 시작했다. 그녀에게 추적거리는 비쯤은 아무 문제도 아닌 듯 했다. 한 방울이라도 덜 맞으려고 기민하게 대처하는 내게 그녀가 보여준 무언의 행동은 신선한 충격이었다.

덩달아 나도 우산을 접었다. 그녀의 용단에 공감한 사람들의 수가 점점 늘어났다. 간혹 눈치를 살피던 사람들도 얼마가지 않아 동참해, 마침내 그 많은 우산이 차례차례로 접히는 놀라운 현상이 일어났다. 그 모습은 언젠가 TV에서 본 도미노게임을 연상하게 했다. 예술의 경지까지 끌어올려진 수준 높은 놀이었다. 맨 앞의 패를 쓰러뜨림으로써 연속적으로 넘어지는 역동적인 아름다움, 골패의 색과 디자인에 따라 펼쳐지는 또 다른 아름다움이 감탄사를 연발하게 했다. 쌓는 노고에 비해 와해 시간이 너무 짧아 아쉬웠던 기억도 되살아났다.

베트남 전쟁 시, 미국은 월남이 적화되면 도미노 현상으로 이웃나라까지 줄줄이 공산화 될 것이라며 전쟁 속으로 우리를 유도했었다.

전쟁명분을 삼기 위해 처음으로 쓰였던 도미노 현상이란 말은 그 뒤 IMF를 겪을 땐 대기업의 부도가 하청업체까지 이어지는 줄도산에 비유되기도 했다. 그런 좋지 않은 의미의 연속과 명분은 깊은 상처와 아픔을 남겼지만 내가 겪은 우산의 도미노현상이 가슴 뭉클하게 다가왔다.

미미한 것 같은 한 사람의 행동이 큰 힘으로 거듭날 수 있었던 것은 배려라는 따뜻함이 모두의 가슴을 울려 주었기 때문이리라. 권유나 약속도 없었건만 그 무언의 공감은 동참의 흐뭇한 연대의식으로 발현되어졌던 것이다. 급박한 상황이면 재빠르게 대처하는 우리 민족성의 일면도 확인한 셈이었다. 나는 마음과 마음이 소통한 높은 통일성에 저절로 두 손이 모아졌다.

주위에서 늘 볼 수 있는 들녘은 자연의 위대한 소통 현장이라 할 수 있을 것이다. 유년시절을 시골에서 보낸 나는 보리밭이나 벼논에서 보릿대나 벼 포기가 바람 따라 이리저리 쏠리는 모양을 매일처럼 보았었다. 그 쏠림 현상은 그들 나름의 생존방법의 수련이었다. 그 유연성이 알게 모르게 뇌리에 배어 있었던 것일까. 긴박한 상황에서 우리가 취한 행동은 바로 그런 유연성 소통의 탄력이라 여겨졌다.

산사 가는 길에 내가 접한 현상은 결코 그런 특수한 곳에서만 일어나는 것은 아닐 것이다. 보이지는 않지만 우리 마음속 깊은 곳에는 언제 어디서나 그것을 꽃으로 피워 올릴 수 있는 지혜의 씨앗이 튼실함을 알 수 있다.

그날 빗속 행보를 통해 나는 그 씨앗의 꽃을 보았을 뿐이다. 상대방에 대한 배려라는 숱한 아름다운 그 꽃을 말이다.

지하철 안 풍경

　며칠 전, 볼일을 끝내고 귀가하는 길이었다. 혼잡하지 않은 지하철 전동차 안은 오수에 취한 것인지, 세상사가 귀찮아서인지 눈을 감은 사람들이 대부분이었다. 그때 마침, 무료함이라도 달래주려는 듯 귀에 익은 찬송가 소리가 들려 왔다. 한 여인이 테이프에서 흘러나오는 찬송가로 손님들에게 구걸을 호소하는 중이었다. 하지만 관심은 고사하고 곁눈조차 떠 보는 이가 없어 보였다. 마치 시동이 걸리지 않아 헛돌고 있는 자동차 바퀴마냥 찬송가 소리만이 실내를 요란하게 했다.

　그때였다. 갑자기 시끄럽다며 고함을 지르는 남자가 있었다. 그 남자는 험악한 얼굴로 여인을 쏘아 보았다. 누구도 예상하지 못한 돌발 사태였다. 여인은 당황하는 빛이 역력했으나 찬송가는 쉬 멎지 않았다. 한 번 더 남자의 입에서 거칠고 험악한 소리가 터진 후에야 찬송가는 주눅이라도 든 듯 움츠러들었다. 여인은 장님이었다.

객실 안은 다시 평온을 찾았지만, 눈을 감아버린 사람들에게 있어 그녀는 여전히 관심 밖 인물일 뿐이었다. 다만 남자의 거친 행동을 못마땅하게 여긴 몇몇 사람이 빈 바구니에 푼돈을 넣어 평정이 포장되었을 뿐이다.

여인은 비굴할 정도로 머리를 조아리더니 다음 역에서 내려버렸다. 남자는 쓸데없이 돈을 주는 사람들 때문에 거지들이 지하철 안에 득실거린다며 한 번 더 푸념을 늘어놓았다. 하지만 그 역시 겸연쩍음이 역력해 보였다. 덜커덩거리는 전동차는 짓뭉개진 여인의 마음이라도 대변하는 듯 굉음을 더하며 내달렸다.

IMF 때 생겨난 노숙자의 수가 조금 줄어드는 듯 하더니 다시 늘고 있다. 적선을 바라고 동냥 그릇을 앞에 둔 걸인들, 지하철 계단에서도 종종 보게 된다. 하지만 사람들의 반응이 냉담해서인지 빈 그릇이 각박해진 인심을 대변하고 있다.

내가 어렸을 때만 해도 한 집 식구수가 보통 열 명은 되었으니 지금의 몇 세대를 합친 수와 맞먹는다. 우리 집도 아홉 식구에다 빈번한 객식구로 인해 언제나 십여 명이 시끌벅적했다. 일용할 양식이 걱정되어서인지 어머닌 새벽부터 밤이 이슥할 때까지 가게에서 살다시피 하셨다. 식구들의 입을 해결하는 것이 가장 시급한 과제였을 것이다.

가게 물건을 하나라도 더 팔아야 했고, 물건을 팔아 남는 한두 푼의 푼돈이 그날그날의 양식이 되어 주던 때, 푼돈은 그날의 행복지수와 맞먹었다. 어렵던 시절 어머닌 늘 그렇게 푼돈으로 생계유지와

칠 남매의 학비를 걱정해야 했다.

실로 푼돈의 위력은 대단한 것이어서 그것을 하찮게 여기는 사람들을 절망의 늪으로 내몰기도 하지만 근검절약으로 우리 칠남매의 학비를 마련하시는 어머니의 얼굴을 환하게 바꾸어 놓는 마력도 지녔었다.

우리들의 6,70년대는 대개가 그렇게 살았다.

먼 옛날 같지만, 생각하면 겨우 30여 년 전의 일이다.

구걸하다 날벼락을 맞은 그 여인도 마찬가지일 것이다. 한두 푼 적선 받은 푼돈은 그때 그때 끼니 해결을 위한 방편인지도 모를 일이다. 전동차 안 풍경이 자꾸 마음에 걸리는 것도, 몇 년 전 어느 여행길에 보았던 어린이들의 허기진 눈망울이 잊혀지지 않는 것도, 그 지겨운 가난이다. 가난은 세계 어디를 가든 마음을 아프게 했다. 핸드백 안에 굴러다니는 푼돈, 호주머니 속에 잠자는 동전들이 잠을 깨어 그들에게 힘이 되어 줄 날은 언제쯤일까.

백 원 이백 원, 그런 푼돈은 있는 사람에겐 아무것도 아니지만 하루하루를 힘겹게 살아가는 어려운 사람에겐 귀한 재화가 되어준다. 지갑 안의 푼돈을 그들에게 털어주고 나면 흐뭇해지는 것은 과연 무엇인가.

GNP가 겨우 1000불이고, 5%의 부자들이 나라경제의 95%를 차지하는 나라. 그나마 조상들의 무덤이 관광거리가 되어 허기를 채워주는, 빈부격차가 극과 극인 나라가 바로 이집트다. VIP급들은 세계 최고급의 긴 세단으로 거리를 누비는가 하면 우리가 못 타겠다며 버린 폐차들이 다 몰려 있는 곳이기도 했다. 고쳐서 타고 또 타다, 고

장 난 차를 다시 고치느라 도로가엔 해체된 차의 부품들로 너저분했다. 구르고 있는 중고 자동차의 50%가 우리나라 차라니, 이를 자랑해야 할지 마음 아파해야 할지 착잡했다. 문맹률이 전체 인구의 45%라 학교에 가지 못하는 어린이들이 여행객을 상대로 물건을 팔았다. 엽서 한 장을 팔기 위해 원 달러를 외치며 차창에 달라붙는 아이들. 그 아이들의 까만 눈망울을 외면하기에 나는 너무 여렸던 것일까. 가이드의 눈을 피해 친구와 엽서를 샀던 기억이 아직도 가슴을 먹먹하게 한다. 팔린 한 장의 엽서로 그들은 얼마나 행복해 하던가. 어느 여행가는 행상인이 부르는 값보다 조금 더 주고 물건을 산다고 했다. 몇 푼 더 받은 것 때문에 행복해 하는 그들을 보면 자신도 그만큼 행복해진다지 않던가.

가까운 동남아를 비롯해 아프리카까지 TV를 통해 본 지구 곳곳이 허기진 사람들로 가득하다. 여행은 아름다운 것만을 담는 게 아니라 헐벗고 굶주린 사람들도 헤아려야 함을 보여 준다. 허기로 지친 아이들 모습이 지금도 가슴에 와 박히는 것은 우리에게도 암울했던 지난날이 있었기 때문은 아닐까.

6, 70년대의 경제와 지금의 우리 경제는 하늘과 땅 차이다. 그러나 빈부 격차는 갈수록 벌어지고 있다. 정책을 잘 펴면 서민들도 기지개를 펼 수 있다는 말에 힘을 얻고 싶다. 연일 차디찬 현실이 신문에 자살이란 끔찍한 단어로 떠오르고 있다. 삶을 고통스러워하는 이들에게 캄캄한 터널을 빠져나올 수 있는 시간이라도 벌 수 있게 할 수는 없는 것일까.

구걸한 돈이지만 아이들 먹을 것을 사들고 갈 여인의 작은 행복을 생각하면 가슴이 훈훈해진다. 여인의 바구니에 하루의 작은 소망인 푼돈이 매일매일 소복이 쌓이기를 기원해 본다. 잠자고 있는 서랍 속 동전이 생각나는 날이다.

장연옥

firepl@hanmail.net

서울여대 대학원 국문과 졸업
〈순수문학〉 수필 등단
한국문인협회 회원

어머니의 여행 준비

　“내가 웬 명命을 이래 길게 받았을꼬. 니들 신경 안 쓰게 이제는 네 아배 곁으로 가야제.”

　올해로 99세이신 친정어머니가 근래 들어 부쩍 자주 하는 말이다.

　어머니는 어둠으로 점철된 우리나라의 근현대사를 끈질긴 생명력으로 살아온 민초들 중의 한 사람이지만 지금, 그 고난의 흔적은 어디에도 남아 있지 않다. 풀무더기에서 야생화 한 송이라도 발견하면 옛 동무를 만난 듯 반가워한다. 가끔씩은 동물과도 곧잘 얘기해서 동화 속의 주인공 같을 때도 있다. 신세한탄을 하는 한숨 깃든 소리나, 삶이 버거울 때 낼 수 있는 짜증 섞인 음성을 내 기억으로는 별로 들어본 적이 없다. 좋은 일이 있으면 복사꽃같이 환한 미소를 띨 뿐 요란스럽지 않고, 나쁜 일이 있어도 별다른 반응을 보이지 않고 묵묵히 삭인다.

　어머니는 쉰이 다 되어 나를 낳으셨다. 그리고는 홍역을 앓느라 눈만 빠끔히 남을 정도로 열꽃이 심한 나를 안고, 살려달라고 삼신 할머니께 빌고 또 빌었단다. 경기驚氣 하는 나를 들쳐 업고 어두운 논두렁길을 가로질러 십여 리 밖에 있는 의원댁으로 내달리신 일도 여러 번이라고 했다. 내가 조금 자라자 그때는 또, 부모를 일찍 여의 면 불쌍한 아이가 될까봐 노심초사했단다. 내가 결혼할 나이가 되어 서는 막내딸 출가도 못 시키고 죽으면 어찌 하느냐고 애를 태우시더 니, 이젠 우리 큰아이가 대학을 졸업하자 외손녀 결혼식까지 보고 가는 게 아니냐며 농담까지 하신다.

어머니가 내게 들려준 말씀 중에 날이 갈수록 또렷하게 가슴 깊이 아로새겨지는 것이 있다.

"애야, 이 세상에는 천층 만층 구만층이 넘는 사람들이 산다는데 우째 내 맘 같기를 바랄꼬. 내 입안의 혀도 깨물 날이 있는데. 내 좋 으면 다 좋제."

내가 행여나 주변 사람들로 인해 마음 아파할 때면, 되풀이되는 말이지만 처음 하는 것처럼 조근조근 일러 주던 말이다. 사람 위에 사람 없고 사람 밑에 사람 없다면서, 결코 비굴하지도 오만하지도 않게 일생을 살아온 분이다.

죽으면 실컷 잘 것이고, 썩어질 몸이라며 지금 그 연세에도 낮잠 이 없고 밤잠 또한 길지 않다. 며느리가 말리는 데도 불구하고 아직 도 당신 빨래는 손수 하신다. 내 팔뚝만큼도 안 되게 가는 다리에도 아랑곳하지 않고 2층으로, 옥상으로 오르내리며 잔일을 돌본다. 그 가녀린 체구로 가난한 집안의 맏며느리 노릇을 어찌 다 해냈는지 나 로서는 가늠하기 어렵지만, 아마도 어머니의 타고난 숙명의식과 긍

정적인 성격 때문에 가능했을 것이라 믿어진다.

어머니가 건강하시긴 했지만 일흔이 지나면서부터, 이번 생신 때 안 가면 혹시나 다시는 생신 상을 못 차려 드리는 게 아닌가 싶어서, 거르지 않고 친정에 내려간 것이 지금에 이르렀다. 그래서 어머니가 보고 싶어서 달려가면 언제든 그 자리에 계실 것 같은 믿음이 생겨버렸다. 그런데 얼마 전부터 어머니의 태도가 달라 보인다. 여든이 된 큰형부가 세상을 뜨고 난 후부터인 것 같다.

어머니는 나랑 같이 형부에게 문병을 갔을 때, 늙은 사위의 두 손을 꼭 잡고 한참동안 말없이 바라보았다. 만감이 교차했으리라. 6·25 전란에 참전했던 큰사위의 전사 통보를 받고도 그 사실을 믿을 수가 없었던 어머니는 설사 잘못되었다 하더라도 당신 눈으로 직접 봐야 했단다. 그래서 약한 아녀자의 몸으로 즐비하게 누워 있던 전사자들의 시체를 일일이 확인하며 돌아다녔던 분이다. 비록 상이군인이 되었을망정, 살아있음에 감탄하며 사지에서 찾아왔었던 그 사위를 당신보다 먼저 보낸 것이다.

"내가 너무 오래 살았데이."

이 한 마디로 사위를 잃은 슬픔을 대신하려 애쓰셨다.

어머니는 손수 베를 짜서 옷을 지어입고, 호롱불 아래서 해진 옷과 양말을 기웠던 시절을 얘기하면서 '요즘은 딴 세상을 사는 것 같다고 했다. 그러면서 가끔 5일장에 나가서 열 켤레씩이나 묶인 양말과 꽃무늬 옷을 사놓았다가 내가 가면 그걸 얼른 내주시곤 했다. 어머니가 그것을 살 때의 기분을 헤아리니 마음에 들지 않아도 반갑게 받아오지 않을 수가 없었다. 그러던 어머니가 이제는 자식과 손주들

이 당신 몫으로 사다드린 새옷도 꺼내놓고 가져가서 입으란다. 당신
이 돌아가신 후에 불태우면 아깝다는 이유에서다.

"양 서방 고기 사주고 애들 한 푼씩 주거래이."

찾아뵙고 떠나올 적엔 늘 그랬듯이 봉투에 만 원짜리 몇 장을 넣
어서 건네주신다. 모아뒀다가 필요할 때 쓰시라고 한사코 사양하자,
장롱을 뒤적이더니 하얀 봉투 하나를 꺼내 보인다. 돌아가신 후 문
상객들에게 술 한 잔 대접할 돈이란다. 내가 어이없어 웃자 어머니
도 빙그레 따라 웃는다. 마치 저승길이 며칠 간 떠나는 여행길처럼
대수롭지 않게 여겨지나 보다. 오래 전에 지어서 벽 높이 매달아 놓
은 수의壽衣 보따리와, 돌아가신 후에 피울 향나무 조각이 담긴 바구
니가 아릿한 기운을 휘감은 채 내 눈에 들어온다.

어머니가 갑자기 돌아가시면 어떡하나 싶어서 조바심이 일 때는
별안간 찾아가기도 한다. 그때에 반가워하는 어머니 얼굴은 상큼한
새벽별 같다. 어머니에게 나는 아직도 어리고 안쓰러운 막내이다.
지금 당신보다 아픈 데가 더 많다고 핀잔을 들을 만큼 나이가 들었
는데도 막내딸 어루만지는 손길은 예와 다름없다. 오늘밤에는 어머
니와 얘기 많이 나누고 자야지 다짐하며 마주보고 눕지만, 어느새
눈꺼풀이 무거워진다.

"하마 잠이 오나? 돈버는 일이 힘들구 말구."

어머니의 야위었지만 보드라운 손은 그 전보다 더 살갑게 내 얼굴
을 쓰다듬고 머리 밑도 긁어준다. 꼭 잡은 어머니의 작은 손이 먼
길 떠나기 전에 내게 수많은 말을 전해주는 것을 느끼면서, 나는 어
릴 적 어머니 품안에서처럼 평온하게 잠이 든다.

연리지

일명 '사랑 나무'라고도 하는 연리지連理枝는 연인이나 부부들의 부러움을 사는 나무이다. 눈 하나에다 한 쪽 날개가 붙어서 같이 날아야만 하는 전설상의 새, 비익조比翼鳥와 더불어서 말이다.

서로 다른 나뭇가지가 맞닿아 하나로 붙어버린 나무, '연리지'는 김성중 감독의 영화 제목이 되기도 했다. 엄연한 두 그루의 나무가 지상 얼마쯤에서 하나로 이어져 한 그루가 되고만 연리목이 주요 배경이 되었던 영화이다. 영화 속 연인들은 자신들의 아름다운 사랑이 연리지처럼 되기를 소원하곤 했다.

당나라 시인 백거이도 '장한가'에서 당 현종과 양귀비의 애틋한 사랑을 이렇게 읊고 있다.

7월 7일 장생전에서 / 깊은 밤 사람들 모르게 한 맹세 / 하늘에서는 비익조가 되기를 원하고 / 땅에서는 연리지가 되기를 원하니……

얼마나 사랑하면 영원히 한 몸이 될 수 있을까. 부럽고도 부러운 일이다. 그래서 나는 결혼하기 전에 연리지 같은 사랑이 마치 장래 희망이라도 되는 것처럼 꿈꿔 왔었던 것 같다. 그러나 나의 결혼생활은 연리지는커녕, 나란히 선 두 나무가 점점 각도를 벌려가며 나이테를 더하고 있는 것 같아서 실망스럽곤 했다.

그런데 최근에 새로운 사실을 알게 되었다. 내가 알고 있던 연리지는 환상에 불과했던 것이다. 나무의 현실은 그렇게 낭만적이지는 않았다. 서로 부딪치게 된 나뭇가지가 하나로 합쳐지는 과정에서 상대방을 반기며 맞아들이는 것이 아니란다. 각자의 나이테를 만들고자 치열하게 밀어내다가 끝내 맨살의 껍질이 파괴된다. 이때 나무의 자람을 담당하는 '부름켜'가 서로 가진 물질을 주고받으며 세포벽이 이어진다는 것이다. 서로 닮은 한 쌍의 커플이 만나 열렬히 사랑하며 한 몸이 되는 것이 아니라, 서로 다른 존재가 만나서 죽도록 싸우다가 보니 한 몸이 되어 있더라는 뜻이 되겠다.

중매로 만나서 서둘러 결혼한 우리 부부는 서로가 가까워지는 데 걸린 시간이 꽤나 길었을 만큼 둘의 성향은 무척 달랐다. 남편은 치우친 이과형에다 상당히 디지털적이어서, 문과형으로 아날로그 방식을 선호하는 나와는 종교 이외에는 공통분모가 별로 없었다. 게다가 남편은 저녁형이고 나는 아침형이어서 겪는 갈등도 적지 않았다. 공휴일에도 나는 할 일을 미리 끝내놓고 쉬는 것을 좋아했으나, 남편은 실컷 쉬고 해가 지기 시작해서야 일을 시작했다. 한밤중에 망치로 두들기고 드릴로 뚫어대며 집을 수리하느라 우리 식구들은 물론 이웃집에까지 피해를 주기가 일쑤였다. 나는 사람관계를 중요시

하는 데 비해 남편은 기계를 더 좋아하는 것 같았다. 컴퓨터 프로그래머답다고 이해를 해야 할지, 사람 냄새가 안 난다고 지청구를 해야 할지 혼돈이 올 때가 많았다.

설상가상으로 결혼 9년째 되던 해에 남편은 내게 용서받지 못할 일을 저지르고 말았다. 회사 사정이 어려워진 지인의 부탁을 차마 거절하지 못했는지, 다섯 세입 가구와 함께 살고 있어서 명색만 주인일 뿐이었던 집을 그 회사의 포괄담보물로 제공하였던 것이다. 물론 나와는 한 마디 상의도 없이 말이다. 3개월 후에 원상복귀 시켜 준다는 지인의 말을 철석같이 믿었던 모양이다. 그러나 세상일은 그렇게 만만한 게 아니었다. 주인을 믿고 전세권 설정도 해놓지 않았던 세입자들, 서로 오가며 친하게 지냈던 그들이지만 이 사실을 알게 되자 조속한 담보해제를 요구해 왔다. 몇 달이 지나도 시정이 되지 않자, 한 집 두 집 이사를 가겠다며 방을 내놓기 시작했다. 그러나 이런 사정을 알면서 세를 들어올 사람은 없었고, 급기야는 전세금을 돌려줘야만 하는 사태로까지 번지고 말았다.

그 포괄담보 사건은 끝내 우리를 다른 곳으로 이사 가게끔 만들었으며, 그로 인해 나는 몇 해 동안 우울증과 편두통에 시달려야만 했다. 아침에 눈을 뜨는 것이 두려웠고, 그대로 영원히 잠들고 싶은 생각밖에 들지 않았던, 그야말로 지옥 같은 시절이었다. 지금에서야 고백하지만, 그때 나는 이혼이라는 걸 심각하게 생각해본 적이 있다. 성격 차이로 불만이 많았던 내게 이 일은 기름을 붓는 격이 되었던 것이다. 그러나 몇 밤을 지새우며 생각해 봐도 친정 노모의 주름진 얼굴과 눈물 달린 아이들의 가엾은 모습이 어른거려서 차마 말을 하지 못하고, 또다시 참고 살자고 다짐했었다.

　은혼식을 맞이하는 올해, 격동의 드라마 같았던 지난날들을 되돌아보며 삶을 한 번 정리해본다. 다행스럽게도 그렇게 소망했던 '연리지'가 될 기회는 아직 유효한 것이 아닌가. 그러고 보니 나는 여태껏 이 사람의 단점을 찾느라 급급했던 것 같다. 이과형이면서 아이러니컬하게도, 천성적으로 에고이스트가 될 수 없고 자기변호를 할 줄 모르는 사람, 나를 담아낼 수 있는 여유 때문인지 친정 오빠같이 늘 편안한 사람이다.

　비록 강하지 못한 성격 탓에 실수를 한 차례 저질렀으나, 이제껏 한눈 한 번 팔지 않고 오로지 가정을 위해서만 살아오지 않았던가. 같이 아파도 자기는 아프지 않은 척하며 나를 간호해 주고, 오십견을 앓고 있는 나를 위해 잠결에도 어깨를 꾹꾹 눌러준다. 계산에 어둡고 길치에다 기계치인 내가 답답할 때도 많았겠지만 '으이구 둔한 사람아' 하면서 고작 꿀밤 한 대 먹이는 것이 유일하게 나를 나무라는 방법인 그다. 작은 일에도 그냥 넘어가지 않고 까칠하게 구는 내가 싫을 텐데도, 다음 생에 결혼을 한다면 꼭 나하고 하겠다는 사람이다.

　우리가 25년 동안 수많은 갈등을 감내하며 여기까지 온 것은 연리지가 되기 위해서, 조개처럼 진주를 만들어내기 위해서였을까. 어쩜 우리는 이미 연리지가 되어 있는지도 모를 일이다. 아플 때도 같이 아프니 말이다. 어디를 다쳐도 같은 곳을 다치고, 종기가 생겨도 같은 부위에 생기곤 한다. 남편은 혼자 등산을 갔을 때 쉬면서 졸다가도, 꿈속에서 내가 부르는 소리에 깨어난다고 해서 아이들을 황당하게 만들기도 했다. 지구 반대편에 있는 것만큼이나 거리감이 커서 힘들었던 식습관과 취미생활도 이젠 웬만큼 비슷해져서 한결 편안하다.

비록 큰 줄기부터 한 몸이 되지는 못했을지언정 은혼의 키에서 작은 가지 하나라도 마주잡고 여생을 함께 할 수 있다면, 그것 또한 연리지에 대한 나의 꿈이 이루어지는 일은 아닐는지. 서로 만나서 죽도록 싸우다가 보니 한 몸이 되어 있더라는 연리지. 그렇기 때문에 그 연리지의 사랑은 영원할 뿐만 아니라 위대하기까지 한 것은 아닐까.

태평양 건너 그곳에는

내 오랜 친구 순덕이를 만나기 위해 태평양을 건너게 되었다. 25년 전 그녀가 우리나라를 떠났을 때, 가슴이 허허로워서 며칠을 헤맸던 기억이 되살아났다. 역시 아직도 아릿하다.

친구와의 이번 만남은 8년 만이다. 그 동안 그녀가 한국을 방문해서 세 번 만난 적이 있어도 내가 만나러 가는 것은 처음이다. 샌프란시스코 공항으로 마중 나온다고 했지만, 4시간을 운전해서 오는 것이 힘들 것 같아서 한사코 사양했다. 그녀 집 주변 암 트랙 정류장에서 만나기로 한 것이다. 미국에 이민 간 이후, 자기 집 방문객 가운데 공항까지 마중을 안 나가는 유일한 사람이라고 내 고집을 나무랐어도, 내 결정이 더 합리적이라는 생각이 들었다.

울도 담도 없는 그녀의 하얀 집은 초록색 잔디와 갖가지 꽃들로 둘러싸여 있었다. 스프링클러에서 엇갈린 물줄기들이 분수처럼 뿜어져 나오고 있는 전경이 더없이 평화로워 보였다. 이런 환경이 내 친구의 소녀 적 고운 마음을 지금까지도 고스란히 지켜주었을 것이라는 믿음이 갔다.

여장을 푼 뒤, 우리는 인근에 있는 피스모 비치에 바람을 쏘이러 갔다. 곱게 물든 주홍빛 노을을 바라보며 누가 먼저랄 것도 없이 어느새 옛 얘기를 하고 있었다. 여고 교정 복도에서 굽어보던 낙동강변의 노을이 이곳으로 순간이동을 한 듯, 추억이 서린 아늑한 빛이 되어 우리를 돌돌 휘감는 것 같았다. 밀가루처럼 보드라운 모래를 밟으며 바라보는 낙조는 도인陶人에 의해 매끈하게 빚어진 항아리가 가마에서 벌겋게 구워지고 있는 모양이었다.

이른 아침, 재재거리는 새 소리가 친구의 정겨운 음성인 양 나를 깨웠다. 내가 지구 저편에 와 있음을 상기시켜 준 것은 창가에 만발한 아가펜더스(Agapanthus, Lily of the Nile)였다. 전날 친구 집으로 가면서 우리나라 무궁화처럼 미국 거리 곳곳에 피어 있는 이 꽃을 보고, 꽤나 이색적인 느낌을 받았었나 보다.

그런데 이 꽃 속을 분주하게 드나드는 것이 내 시선을 사로잡았다. 벌이겠지 했는데 가만히 들여다보니 그게 아니었다. 몸집이 벌보다 훨씬 크고, 뾰족한 부리가 손가락만큼 길었다. 나중에 알았지만 그것은 꿀을 먹고 산다는 벌새(Humming bird)였다. 자세히 살펴보니 보랏빛의 아가펜더스는 수국처럼 작은 통꽃들이 모인 큰 꽃으로 마치 원형 분수 같았다. 초록색 길쭉한 잎들은 빽빽하게 얽혀서 바람에 일렁이는 푸른 물결처럼 시원스럽게 보였다. 그 잎 위를 느릿느릿 기어 다니는 수많은 달팽이는 바다 위에 떠 있는 돛단배를 연상시켰다.

해질 무렵에 나간 산책길은 무척 한가로웠다. 카미노 카발로 (camino caballo), 예전에 말들이 달렸다는 거리답게 인근에는 아직도 하얀 나무 울타리를 둘러 친 목장이 드문드문 눈에 띄었다. 마치 내가 한국의 산간 마을에 서 있는 듯, 금방이라도 이곳저곳에서 저녁 연기가 피어오를 것만 같은 고즈넉한 마을이었다.

한참 동안 말없이 걷던 친구가 힘들었던 지난날을 담담하게 풀어놓았다. 친정 부모님 대신에 5남매나 되는 동생들 뒷바라지를 도맡았던 어려움을. 남편에게 미안해서 더 많은 일을 하느라 먼저 잠들어 본 적이 없었다고 했다. 몇 달 전에 막내동생을 결혼시킨 후 남매들에게 선언했단다. 지금부터는 부모 자리에서 형제 자리로 내려오려 한다고. 맏며느리로서의 역할도 손색없이 해내고, 늦깎이 대학생이 되어 올 A학점으로 졸업을 한 억척스런 친구가 이젠 많이 지쳤나 보다. 그녀의 앞날이 축복으로만 채색되길 비는 간절한 마음에 내 가슴이 먹먹했다.

우리는 여고시절 함께 자취하던 때의 일들도 떠올렸다. 겨울이면 윗목에 놓아둔 물그릇이 얼 정도로 허술한 자취방이었다. 연탄불이 꺼지는 날이면 영락없이 추위에 떨어야 했고, 여름에는 스레트 지붕이 낮 동안 뙤약볕에 달궈져서 밤잠을 설치는 날도 많았다. 연탄불에 지은 밥으로 도시락을 두 개씩 싸들고 등교했지만, 생의 중턱을 넘어선 지금의 우리에게는 행복한 기억밖에 없다.

서로가 모르게 먼저 일어나서 아침 식사 당번을 하려고 애썼던 일도 생각났다. 그땐 아직 어리고 피곤한 수험생 생활이었는데도, 어떻게 그런 배려를 했었는지 지금 생각해도 대견하기만 하다. 그러나 그것은 오로지 어떤 경우에도 양보하고 긍정적이던, 이름 그대로 순하고 덕스러운 그 친구 덕분이었다. 3학년 때 옆 반이었던 그녀는 쉬는 시간에 자주 나를 찾곤 했었다. 내 짝꿍이 툭툭 치면서 가리키는 복도 창문 밖에는 늘, 보조개가 움푹 들어갈 정도로 예쁜 미소를 머금은 순덕이가 서 있었다.

이번 여행길에 그랜드 캐년, 라스베가스, LA나 샌프란시스코의 명소들을 관광했지만, 가장 아름다웠던 곳은 친구와 손잡고 거닐었던 퍼시픽 코스트 하이웨이 주변에 있는 모로베이였다. 그랜드 캐년을 방불케 하는 절벽 위의 평지에 무리지어 피어있던 야생화들이 지금도 눈에 아른거린다.

그 중에서도 캘리포니아의 주화州花인 파피(Popy)는 매우 인상적이었다. 진노랑 나비 떼가 풀밭에 사뿐히 내려앉은 모습이었던 그 꽃은 우리들의 수많은 이야기를 대변이라도 하듯 팔랑팔랑 빛나고 있었다. 꾸밈없는 자연의 아름다움에 감탄하며 거니는 우리들을 자주 놀라게 하던 도마뱀과 다람쥐들도 떠오른다. 우리나라에서 보던 것보다는 훨씬 큼지막한 그들이 우리의 정담을 엿듣고 싶은 듯, 가던 길을 멈추고 기웃거렸다. 갈매기들도 우리에게 장난을 걸 듯 머리 위에서 고도를 높였다 낮췄다 했다.

2주간의 긴 여행을 마치고 돌아올 때, 내 손을 덥석 잡고 "에이~"라는 말밖에 못하고 서 있는 친구를 남겨두고 공항 행 버스에 올랐다.

우리는 또다시 태평양을 사이에 두고, 다시 만날 때까지 '보고 싶어'를 되뇌며 살아갈 것이다.

박헌렬
朴憲烈

hyunyul@cau.ac.kr

중앙대학교 공대 화학신소재공학부 교수
(02)820–5270
힐텍·힐빙 문화연구소 소장
힐텍포럼 대표
아이건강국민연대 공동대표
한국건강연대 공동대표
이음새 문학회 회원
〈순수문학〉으로 등단(2006. 10.)

정송강사 지장골 마을에의 초대

　진천군 문백면에 있는 '정송강사' 지장골 마을을 찾은 날은 2007년 6월 마지막 토요일이었다. 주말마다 내려가 그곳에서 보내는 송강 정철 선생 14대 손인 친구의 초청으로 신우회 친구 부부가 이른 아침 분당에 모여 네 대의 승용차로 내려갔다. 구름에 가려 아침 햇빛이 희미한 이른 아침, 공기가 맑아 상쾌한 기분으로 즐거운 하루 여행을 기대하며 다들 들뜬 표정이었다.

　'정송강사'의 유래는 이렇다. 충청도 보은 사람인 우암 송시열 선생이 하루는 말을 타고 한양으로 가던 길에 문백면에 소재한 남산南山 좀 못 미친 고갯길에서 타고 가던 말을 잠시 부리고 쉬어 가게 되었다. 그 때 우암은 주위에 펼쳐진 산세를 바라보다가 남산 한 자락에 천하의 명당 자리 한 곳을 발견하여 환희에 벅찼다고 한다. 이런 연유로 오늘날 남산은 '환희산歡喜山' 이라, 그 고갯길은 '말부리고개' 라 불리고 있다. 해서 우암은 평소에 존경해 오던 정송강 선생을 이

곳에 모시자고 우암의 친구이면서 송강의 손자인 정운鄭澐에게 제안
하여 파주 근처에 있던 송강 묘소를 이곳으로 옮겨 모시게 되었다고
한다. 이런 사연으로 충청도와 아무런 연고가 없던 송강의 후손들이
이때부터 충청도 진천에 자리를 잡게 되었다. 그 후로 송강과 우암
집안은 친분이 더욱 두터워져 서로 배필을 자주 찾아 혼례를 올렸다
고 한다. 송강 선생에 대해 들은 한두 가지 일화를 소개해 본다.

송강은 궁중에 시집간 누이 두 분 덕택에 궁중을 자주 드나들게
되었다. 이런 인연으로 선조가 어렸던 하성군 시절 제왕이 될 교육
을 받을 때 과외선생 노릇을 하였다. 그 후 송강이 장원급제해 벼슬
길에 들어 요직을 두루 거치게 되었다. 선조가 하성군 시절 하루는
책을 읽고 있다가 "이게 무슨 뜻인고?" 하고 주위에 물어보니 다른
사람들의 설명은 별 신통찮았다. 그런데 송강은 하도 명쾌하게 잘
대답하길래 선조가 너무 기쁜지라 명나라 신종 황제가 보내온 용연
龍硯 등 귀한 물건을 송강에게 하사하였다. 아직도 이 용연은 정씨
집안의 보물 1호로 잘 간직하고 있단다.

그 당시 송강은 술을 많이 마셨다고 한다. 그는 어느 집에서 술을
담갔다는 소문을 들으면 수소문해 찾아가서 시를 한 수 지어 주고
술을 얻어마실 정도로 풍류를 즐기며 멋을 아는 대선비요 대단한 애
주가였다고 한다. 이런 사실을 전해들은 선조대왕은 송강에게 은잔
을 하사下賜하시면서 그 잔으로 하루에 딱 한 잔만 마시라는 왕명을
내렸다고 한다. 그런데 그 잔으로는 양이 도저히 차지 않아 송강은
꾀를 부렸다. 그 은잔 모양이 원래 길쭉한 타원형이었는데 술이 훨
씬 많이 담기도록 송강이 망치로 잔 표면을 톡~토옥~톡 애써 두들

겨 둥근 원형으로 넓게 퍼지게 벼렸다. 그 흔적이 여전히 남아 있다고 한다. 애주가인 송강의 그 당시 심정을 헤아릴 수 있을 것 같고 대문호인 송강이 엔지니어적인 소양도 갖추었음을 짐작케 하는 일화다.

우리 일행은 마을 뒤편의 환희산 기슭에서 꿀벌, 나비 등 곤충이 찾아드는 각양각색의 들꽃과 한 시간쯤 대화를 나눈 후 친구집 앞마을로 내려왔다. 이편에는 옥수수밭, 고추밭, 그 너머로는 연초록의 벼이삭이 따가운 햇살을 받으며 자라는 논이 보였다. 저편으로 오이, 가지 하며 호박넝쿨도 눈에 띈다. 마을 길을 따라 몇 발자국쯤 걸었을까 길 한 켠에 꽤 넓은 저수지가 보이길래 "웬 저수지인가?" 하고 물으니, 친구가 중학 시절에 축조된 것이라고 한다. 이 저수지 물로 스무여 채의 이곳 마을 사람들은 농사도 짓고 음용수로 쓰고 있다니 송강 가문의 치산치수의 지혜를 엿보게 한다. 수백 년 전부터 내려오는 선산인 남산에는 낙엽송, 고염나무, 밤나무, 소나무, 칡넝쿨들이 어우러져 제법 울창해 원시 자연의 맛을 느끼게 하였다. 추석 전 9월, 이곳 야산에 지천으로 널려있는 토종밤은 조그마해도 맛은 그저 그만이라고 귀띔하며 손자 손녀들을 데리고 오란다. 아이들에게는 정말 좋은 자연체험이 될 것이다.

산 속 오솔길을 따라 수목의 초록 이파리들은 6월 끝자락의 따가운 햇살에 녹음이 짙어지고 있었다. 매주 토요일 서울 근교 청계산 옛골에서 이수봉으로 산행하는 것과는 달리, 모처럼 시골의 한적한 산 속에서 새가 지지귀는 소리, 형형색색의 야생화들과 어울리며 일행은 모두 흡족한 표정이 역력했다. 어떤 이는 동심으로 돌아가 어릴 적 추억을 회상하고 또 어떤 이는 숲속에서 자연과 대화하며 깊은 사색을 즐겼으리라. 게다가 신선한 공기를 덤으로 마시니 이런 게 자연의 고마움이런가. 산책길을 따라 군데군데 피어있는 흰 들국화는 마치 군 연병장에서 사단장이 사열할 때 장병처럼 도열해 사람을 본지가 하도 오래되어 우리를 반갑게 맞이하며 활짝 웃고 있었다. 들국화와 어우러져 섞여 있는 보랏빛의 엉겅퀴는 자연 색조의 오묘함을 뽐내며 으시대고 있지 않은가! 노랑나비, 흰나비, 까망나비, 호랑나비들이 꽃 위로 날아가 사뿌~웃히 앉았다가는 잠시 머문 후 다시 다른 꽃으로 부지런히 날아다니는 모습이 얼마나 한가롭고 평화로운 느낌을 주던지. 오솔길을 따라 20여 분간 걸었을까. 숲속에 뭔가 새빨강이 순간적으로 스쳐지나 가는 것 같아 다시 가서 유심히 바라보니 뱀딸기다. 뱀딸기가 옹기종기 나보란 듯이 서로 얼굴 자랑을 하며 내미는 모습을 호젓한 산 속에서 발견하니 맑은 감성이 절로 나오는 건 나 혼자만은 아니리라!

일행은 이곳 야산에서 한 시간 남짓, 산행으로 자연 그대로의 생태계를 체험하고 낭만을 만끽하며 여운을 남긴 채 친구 집으로 돌아왔다. 부인이 정성들여 준비한 식단이 우리를 기다리고 있었다. 시골의 신선한 상추쌈에다 숯불에 구운 고기를 한 점 보태고 시골 된장을 얹어 맛보니 어릴 적 옛 맛이 되살아났다. 옛 맛을 느끼는 순간, 우리의 뇌세포는 원래의 맛을 다시 찾은 기쁨으로 그 DNA가 대단히 반가워 했으리라. 여기에 지석이가 가져온 포도주, 태승이가 러시아 여행시에 선물 받은 귀한 러시아 과일주를 내놓으니 이것을 조금씩 맛보고 그 독특한 맛에 감탄사를 연발하며 장수할 거라고 한마디씩 한다.

하루 일과를 시골 자연 속에서 즐겁게 보내고 정겨운 추억을 간직한 채 서울로 올라오는 길은 저녁이 어둑어둑해지는 때였다. 하늘 저쪽을 불그스레 물들이고 있는 저녁노을을 바라보며 문득 송강 선생의 일화 한 가지가 떠올랐다. 조선 시대 정송강이 정적들에게 모함을 당해 선조가 송강을 귀양 보내려 할 때 율곡 선생이 선조에게 "정철 같은 이는 심성이 충직하고 맑으며 의지가 굳고 절개가 있어 한결같은 마음으로 나라만을 걱정하는 사람입니다. 비록 국양과 소견이 편벽되고 고집스러운 것이 병통이지만 그 기개와 절의로 말한다면 이는 실로 한 마리의 수리에 비유할 수 있습니다."라고 아뢰었다고 한다. 현실의 이익에 급급하여 충직한 국가관이 결여되어 있는 요즘 세대들이 죽음 앞에서도 떳떳이 바른 말을 간할 수 있었던 송강의 그 높은 기개와 절의를 조금이나마 품을 수 있게 되기를 조용히 마음으로 빌어 본다.

생태 건강마을 '골용진' 나들이

2008년 3월 초순 토요일, 우리 힐빙 문화연구 전문가 일행 7명은 양수1리에 있는 '골용진'을 찾아 떠났다. 그곳은 1972년 팔당댐이 들어서기 전까지는 북한강 물줄기가 두물머리에서 남한강과 합류하는 지점 직전에 위치한 작은 분지의 마을이었다. 그 당시에는 배를 타고 저 건너편 남양주로 왕래하였다고 한다. 이 마을 나루터 이름이 '골용진[谷龍津]'이었는데 그 옛날 용이 살았다는 용늪이 마을 부근에 있어 유래한 이름이라고 한다. 우리 일행은 그곳 농장에서 녹색 생태체험을 겸하여 그 지역 경제발전 방안에 대해 토론하며 함께 찾기 위해 방문하였다.

힐빙 문화는 우리 고유의 상생문화에 향후 힐텍 개념을 접목하여 발전될 문화를 일컫는다. 오늘날 IT문화를 정보통신기술이 받쳐 주고 있듯이 힐빙 문화는 융합개념을 가진 새로운 힐텍 분야의 발전과 더불어 꽃피우게 될 것이다.

80여 가구가 옹기종기 모여있는 골용진은 몇해 전에 생태 건강 마을로 지정된 이래 방문관광객이 한 해 1만 5천 명이나 되었다. 이 마을을 이렇게 농촌 체험관광 명소가 되게 한 주인공은 1997년 낯선 타지에 정착한 정경섭 박사이다. 그는 대기업 상무 자리를 마다하고 귀농생활을 택했다. 골용진의 나지막한 산자락에 배, 포도, 복숭아, 앵두, 매실을 가꾸는 과수원과 채소밭이 있는 농원 5천 평을 사서 자리잡았다. 골무봉 산자락 중간쯤에 위치한 카페형 전원주택인 '그린토피아'는 지하 1층, 지상 2층으로 방은 네 칸이다. 주위에 아름다운 산천이 펼쳐져서 정취 있는 분위기를 자아내는 그린토피아는 박찬욱 감독의 영화 '사이보그지만 괜찮아'와 김혜수 주연의 TV 드라마 '한강수타령'에도 등장할 정도로 아주 매력적인 곳이다. 정 박사는 마을 부근의 운치 있는 연꽃 단지와 아침이면 북한강변에 물안개 피어나는 아취 있는 전경이 마음에 쏙 들어 이곳에 자리를 잡았다고 당시를 회고했다.

일행이 농원내를 산책하며 산등성이에 올라가 저편 북한강 물줄기를 바라보니 빼어난 경관이 한눈에 들어온다. 골용진에는 이른 봄철에 산수유, 개나리, 진달래, 벚꽃, 앵두꽃으로 마을 동산이 물든다고 한다. 자두꽃, 배꽃, 사과꽃, 복숭아꽃으로 계속해서 화사하게 채워지는 동산은 어릴적 시골의 아름다운 추억을 회상시켜 주며 시적인 낭만이 물씬 풍기는 독특한 곳이다. 골용진의 운치있는 자연 환경에 정 박사의 경영 마인드를 접목하여 4월 중순 '하아얀 배꽃축제', 6월 초 '빨강 앵두 축제'를 열었다. 이 축제는 자연 속의 그린토피아와 잘 어우러져 매우 뜨거운 반응을 얻었다고 한다. 축제철에는 많은 도시민이 녹색 체험을 하러 몰려오지만 평소에도 관광객들의 발길이 끊이지 않는다고 하니 듣기에 뿌듯한 일이다.

계절에 따라 떡메치기, 배따기, 앵두따기, 감자 캐기, 고구마 캐기, 포도 따기, 밤줍기 등 이곳의 다양한 녹색 농촌체험 프로그램은 특히 어린이와 가족들에게 인기가 있다고 한다. 축제를 즐기러 온 사람들은 여기에서 재배한 과일과 농산물을 웰빙 식품으로 많이 사가기도 하며 민박 체험을 하기도 한다. 그래서 마을 수입이 의외로 많아져 주민 스스로도 깜짝 놀랐다고 한다. 게다가 정 박사와 주민들이 호흡을 같이 해 열심히 땀 흘려 일한 덕분에 골용진은 농림부의 녹색농촌체험마을, 농협의 팜스테이 마을, 군郡지정 생태건강마을, 디지털 사랑방 선정마을로 차츰 지정되기에 이르렀다.

골용진이 이렇게 부촌으로 성공하게 한 데에는 정박사의 아이디어와 숨은 노력이 밑거름이 되었다. 그는 정착 초기부터 이곳 농촌에 제대로 적응하기 위해 시간을 내서 여러 대학의 각종 농촌 체험 교육 및 연수 프로그램을 열성적으로 찾아다니며 듣고 배웠다. 타지에 자리잡은 정 박사는 그 당시 '이곳에서 무슨 일을 하면서 어떻게 살아갈 것인가?' 하는 고민으로 가득찼다. 처음 2~3년간은 마을 주민들과의 소통 부족으로 어려운 고통을 많이 겪었다고 한다. 그런데 그곳에서 민박이 잘 되리라곤 아무도 상상 못했다고 한다. 지금은 이 마을 전체가 많은 관광객들이 와서 먹고, 자고, 체험하며 농산물 직거래도 이루어져 잘사는 녹색체험 마을이 되었다. 축제 프로그램으로 농가 소득이 의외로 크게 오르자 주민들은 점점 골용진 마을이 갖고 있는 자연자산의 가치를 재발견하게 되었다.

그런데 그는 이에 만족하지 않았다. 지난 2월 하순경 힐텍 개념을 골용진 마을에 적용하여 군郡 당국으로부터 힐빙(healbeing)체험 시범 마을로 지정되었으면 하는 내용의 메일을 나에게 보내왔던 것이다. 우리 농촌 현실은 전국 여기저기에 무분별하게 펜션 주택을 많이 지어 경쟁이 점점 심해지는 까닭이다. 그래서 그는 다른 농촌 마을과 차별화된 경쟁력을 추구하며 또다른 미래를 열어가고자 하는 것이다.

우리 일행은 예술 문화를 접목한 맞춤형 힐빙 체험 프로그램을 개발하여 이곳 마을을 찾는 관광객들이 즐기게 함으로써 경쟁력을 키우고 싶다는 소망을 갖게 되었다. 호수 위로 해가 떨어질 무렵, 아기자기한 보랏빛으로 물든 저녁 노을을 바라보며 팔당댐 한강변을 따라 돌아오는 길에 골용진이 힐빙 문화체험 마을로 거듭 태어나길 바랐다. 국내는 물론 중국, 동남아시아 관광객들까지도 찾아와 독특한 힐빙 체험을 하고 싶어하는 매력적인 곳으로 더욱 빛나길 염원하며…

몽골 대초원의 여정

몇 년 전부터 여행하고 싶었던 칭기스칸의 대초원 몽골.

2006년 여름, 울란바토르 대학교에서 열리는 국제 학술대회 참가
차 동북아시아학회 일행 16명과 함께 그곳으로 떠났다. 비행기는 베
이징 상공을 지나 세 시간 반만에 이튿날 새벽쯤 울란바토르 칭기스
칸 국제공항에 안착했다. 알싸한 새벽공기를 마시며 우리는 호텔로
가서 여장을 풀었다.

드디어 아침에 동이 터 내가 손꼽아 기다리던 몽골 헨티 아이막(우
리나라 '도'에 해당하는 행정구역 단위)의 광활한 대초원의 여정에 올랐다.
일행이 버스로 출발하자 오른편 자그마한 '보그드' 산에 '위대한 몽
골' 이라는 흰 글씨와 옆 산에는 작년 몽골건국 800주년 기념으로 흰
돌로 만든 칭기스칸 조각상이 보였다. 시가지를 벗어나자 좌우로 뻗
어있는 네 개의 산이 차례로 시야에 들어온다. 저편 '바양주르흐'산
중턱에 제법 울창한 낙엽송들을 처음 보았을 때 조금은 의아스러웠

다. '몽골하면 초원·사막국가'라는 이미지가 먼저 떠오르는 까닭이
다.

　버스는 한 시간쯤 달린 후, 몇 채의 집이 옹기종기 모여 있는 초지
草地마을에서 '말 보기 위해' 잠깐 휴식하였다. 여기서 '말본다'는 뜻
은 초원에서 말馬을 보면서 볼일을 본다는 것이다. 그런 후 좀 달리
니 우측 저 멀리에 '날레이흐'시가 보인다. 거기서 많이 나는 석탄으
로 화력발전을 하여 울란바토르에 전기를 송전한단다. 왼쪽 산 너머
언덕에는 러시아 문화의 영향으로 남아있는 '공동묘지'가 희미하게
보이는데 원래 몽골에는 공동묘지란 개념이 없었다고 한다. 달리는
차창너머로 군데군데 양무리가 보였는데 그 속에는 까만 염소도 눈
에 띈다. 염소는 빠르고 양은 느려 염소를 양떼에 좀 섞어야 이동속
도를 빠르게 할 수 있단다. 양은 겨울에 눈을 헤치고 풀을 뜯어 먹는
데, 염소는 그 먹던 자리를 따라 다니며 남은 풀을 먹는다고 하니
자연의 조화를 새삼 일깨워 주는 것 같다. 초원에 노니는 양무리를
지키기 위해 멀리서 양치기가 소리 내어 양떼를 향해 말을 하면 그
들은 말귀를 알아듣는다고 한다. 예를 들어, "잘 먹고 있냐?", "배고
프냐?", "뭐하고 있냐?" 등등…. 초원 위로 가끔 지나가는 까마귀,
두루미, 독수리 같은 새들은 허허벌판에서 무얼 먹고 사는지 궁금증
을 자아내게 했다.

　올해 몽골은 여느 때보다 비가 많이 와 초지가 잘 자라서 그 색깔
이 아주 아름답다고 한다. 초지 색깔은 누르스름하거나 연두색과 초
록 계통의 미묘한 색상이 잘 뒤섞여 광활한 대지에 펼쳐진 정경이
이곳에서만 느낄 수 있는 게 아닐까. 버스는 달리고 달려도 저 멀리

언덕 위로 계속되는 초원의 곡선은 이탈리아 화가 모딜리아니 작품을 떠올린다. 저~편 위 언덕과 그 위로 끝없이 전개되는 푸른 하늘은 태평양 바다로 착각될 정도다. 이 쪽 초지 지평선 위로는 또 푸른 하늘에 뭉게구름들이 형형색색의 모습으로 솟아올랐다가는 다양한 모양의 그림을 계속 그리며 흘러가는 게, 우리들 초원 여정의 무료함을 달래 주려는 가 보다! 푸른 하늘의 구름에서 초지 위로 시선을 돌리니 무리를 지어 노니는 말들이 보인다. 초원의 말무리와 양떼는 다른 가축과는 달리 햇빛이 쨍쨍 내리쬐는 낮에 원형 모양으로 무리 지어 그늘을 만들며 더위를 식힌단다. 나무 그늘이 한 점도 없는 광활한 대지 위에서 더위를 식히는 그들의 방법이 참 지혜롭다는 생각이 들었다.

일행은 마냥 초원을 질주하다 무료함을 달래기 위해 헤르렝강 물가에서 잠깐 쉬었다. 이곳 강 유역은 아버지 예수게이의 죽음으로 키야트 몽골부가 붕괴된 후, 어머니 호엘룬과 테무진 형제들이 보냈던 곳이다. 이 부근의 산에서 잡은 새와 토끼, 그리고 나무열매나 풀뿌리를 캐어 먹었고 강가에서 물고기를 잡아 주린 배를 달래며 연명하던 소년 시절을 보낸 그 초원이다. 우리는 강가를 거닐며 시대는 다르지만 칭기스칸이 살던 같은 공간에서 호흡을 함께 하며 그당시 회상에 젖어 보았다. 마침 이곳에는 나무로 만든 다리가 보였다. 다리 밑 그늘 주변으로 소가 무리지어 있었다. 그 피부 색깔이 아주 다양해서 이쪽 소는 까망, 저쪽 소는 하양·까망이 잘 배합되어 있고, 또 까만색 몸집에 머리 부분이 하얀색인 것도 보였다. DNA를 어떻게 디자인했길래 소 머리부분과 뒷 몸체는 까망, 가운데 몸체는 하얀색을 띠게 된 것도 있을까? 정말 자연에 존재하는 생물종 다양성이 어떤 것인가를 보여 주는 듯 해, 동심으로 돌아간 애들처럼 우리 일행의 흥미를 자아내기에 충분했다.

칭기스칸이 소년시절 고난과 불행의 역사를 극복하며 보냈다는 대초원에서의 하루 여정을 통해 일행은 몽골 부족의 색다른 그당시 유목 세계를 체험했으리라! 저녁 9시 경 '푸른 호수'를 옆에 끼고 있는 후흐노오르(Xox Hyyp)라는 숲속 캠프에 도착했다. 몽골의 민속 식당에서 현지식으로 저녁을 맛있게 들며 몽골 유목 문화의 분위기에 깊이 젖어들고 있었다. 우리 일행은 게르 4채와 통나무집 10채를 갖춘 이곳 숙소 중 통나무로 된 공간에서, 꿈에서나마 칭기스칸을 만날 것을 기대하며 색다른 추억의 하룻밤을 보냈다. 한밤중에 칠흑같이 어둔 밤, 말보러 나와 보니 이게 웬일인가! 청정 하늘에는 공해에 찌든 서울 하늘과 달리 북극성, 북두칠성이며 샛별, 은하수 등 수없이 반짝이는 별들의 향연을 선명하게 볼 수 있는 의외의 행운을 안았다. 북극성은 황금 말뚝이고 북두칠성은 일곱 노인이라는 몽골 신앙이 있단다. 별들은 너무 밝고 크서 우리 머리 위에 곧 떨어질 것만 같아 아주 불안했다. 몽골 사람들은 초원에서 길을 잃었을 때 별을 보고 방향을 정하는 데 이용한다고 한다. 또 몽골인은 사람이 하늘에 올라가 별이 되었고 별똥별이 떨어지는 것은 한 영혼이 땅에 떨어지는 것으로 해석한단다. 일반 별들은 가축떼라 여기고 어떤 별은 사냥꾼이 올라가 된 별이고 어떤 별은 사슴을 쫓다가 별이 되었다는 전설이 내려오고 있다고 한다.

수많은 별들이 반짝이며 우리 일행을 지켜보는 가운데, "내일의

대초원 여정에는 어떤 유목 세계가 또 우리를 맞이할까?' 하는 상념
으로 설레며 별들의 꿈나라로 떠나는 잠을 다시 청했다.

한경석

han4815@hanmail.net

중앙대 정경대 신문방송학교 졸업
중앙대대학원 석사 · 박사
〈순수문학〉 수필 등단
동아일보 기자 ·차장 · 편집부장 역임
한국신문기자클럽 회장
중앙대 신문방송학과 겸임교수

가시고기

아버지께서는 풍류를 아는 어른이셨다. 봄, 가을이면 마을 앞 500년이 넘은 버드나무 아래나 사랑방에서 피리를 구성지게 부셨으며, 가끔은 황진이의 "청산리 벽계수야 수이감을 자랑마라…"라는 시조를 맑고 구성진 목소리로 뽑으셨다.

지금 내가 새삼스레 돌아가신 부친의 이야기를 하는 것은 세월이 갈수록 내가 아버지를 닮아 간다는 사실을 확인했기 때문이다. 당신은 약주 잡수시는 것을 대단히 즐겨하셨는데 5일마다 열리는 옥천장에 다녀오시는 날엔, 장에서 약주를 한잔 걸치시고 흥에 겨워 특유의 카랑카랑한 목소리를 뽑내시며 육자배기 노래를 한 곡조씩 부르며 오시곤 했다.

그리곤 마을 앞개울에 오시면 으레 나이가 나보다 네 살 많은 누나와 내 이름을 부르셨다.

"영자야~ 경석아~…"

그러면 누나와 나는 정신없이 달려가 그님을 양옆에서 부축하고 집으로 돌아온다. 그때 아버님은 취하셨는지, 아니면 취하지 않고도 취하신 척 하시는지, 우리에게 의지한 채 집으로 향하곤 하셨다. 초등학교를 다니는 사랑하는 자식들에게 당신의 몸을 의지하고 집으로 향하시는 아버지의 마음은 어떠하셨을까. 그님은 집에 도착하면 이내 잠이 드셨다.

아버지가 돌아가신 지 어언 20년이 넘었지만, 나는 술에 취해 집에 돌아올 때면 가끔은 노래를 흥얼거리고 온다는 사실에 깜짝 놀랐다. 왜냐하면 그것은 아버님의 전매특허이지 내 것이 아니었기 때문이다.

겨울이 되어 농사일이 없어 한가해지면 부친께서는 우리들에게 특별한 것을 해 주시곤 하셨다. 그것은 참새구이였다. 해 어스름 때가 되면 나에게 참새를 지켜 볼 것을 당부하신다.

"경석아, 참새가 어디로 들어가는지 잘 살펴보그레이."

그러면 나는 쫓아나가 쪼그려 앉아서 초가지붕의 참새 집을 살핀다. 그리고 참새가 들어간 곳을 아버님한테 말해주면 어머니의 앞치마로 만든 자루 같은 것으로 그것을 잡아 화롯불에서 구워 먹었다. 그때의 참새 맛은 그야말로 꿀맛이었다. 그래서 지금도 나는 소줏집에 가면 술안주로 곧잘 앙증맞은 참새를 시켜먹곤 한다. 참새가 황소더러 "네 고기 한 근하고 내 고기 한 점하고 안 바꾼다."라고 말했다지 않던가.

시골에서 농사를 지었던 그님은 효성이 지극했던 분이시다. 아무리 일이 많아 바쁘시더라도 할머니가 "담뱃대가 막혔다"고 가져오시면, 바쁜 가을 추수철이라도 그 담뱃대를 뚫어주시고 일을 계속하셨던 그런 분이다. 지금도 할머니가 돌아가셨을 때 한없이 울던 그 모습이 지금도 눈에 선하다.

그리고 산 아래에 있던 할아버지 산소를 이장할 때 보여주셨던 효심은 지금도 마을 사람들의 입에 오르내린다. 그님이 할아버지 산소에서 시신을 파 산 위로 모시고 가서 장사를 지내려고 할 때 일이다. 그 동네에 사는 천석꾼이 자기의 재력을 믿고 소작농하는 사람들을 데리고 그곳으로 올라와, 자기 아버지가 들어갈 곳이라고 장사를 못 지내게 했다고 한다. 그때 우리는 땅 몇 마지기는 안 되어도 우리 땅을 부치는 자작농이었고, 소작농이 아니었기 때문에 그 천석꾼과 대항할 수 있었던 것이다. 그 때 그님은 봉분을 파 놓은 곳에 드러누워 항거를 했고, 천석꾼은 마을 사람들을 동원해 아버지를 끌어내려고 했던 것이다.

"내 눈에 흙이 들어가도 이 땅만은 절대로 내어줄 수가 읎다구!"라고 호통을 치시며 아버님은 그곳에서 버티고 계셨던 것이다. 그때 마침 전쟁터에서 중령 계급장을 달고 집에 다니러 온 사촌형님이 이 소식을 듣고 달려와,

"이게 무슨 짓이냐. 당장 안 내려가면 모두 쏴 죽이겠다!"며 고함을 치고 권총을 하늘로 쏴 사람들을 쫓은 뒤에 무사히 장사를 지낼 수 있었다는 것이다. 그 산소는 명당이라, 지금 우리 자식들이 이만큼 사는 것도 그 산소 덕분이라고 모두들 그 후일담을 이야기한다. 한참 후 할아버지의 산소에 석물을 했는데 그때 봉분 뒤에서 흘리셨던 선친의 눈물을 나는 아직도 기억하고 있다.

개울물에서 태어나 바다로 가서 생활한 뒤, 산란기가 되면 다시 자기가 태어난 민물로 올라와 새끼를 낳는 가시고기라는 물고기가 있다. 그 아비 물고기는 힘든 길을 올라와 지친 몸에도 쉴 틈도 없이 입으로 모래를 치워 둥그런 집을 만든다. 그리고는 나무뿌리와 갖가지 가지로 집을 근사하게 지은 다음 암컷을 불러들인다.

어미 물고기가 그 속에 알을 낳으면 수정을 하고 새끼가 잘 자라도록 다시 풀잎으로 위장을 한다. 그때부터의 새끼 양육은 모두 아비의 차지이다. 아비는 지느러미로 연거푸 물을 부쳐 산소를 공급한다. 또 누가 와 알을 먹지 않나 보초를 서며 사방을 경계한다. 8일쯤 지나면 알에서 새끼가 나오는데, 그 아비는 새끼가 모두 깨어나는 것을 확인한 다음에야 이 작업을 모두 끝내는 것이다. 며칠 동안을 먹지 못한 아비 가시고기는 거의 기력이 떨어져 숨지고 만다. 아비의 목숨이 끊어지면, 새끼들은 아비의 몸을 뜯어먹고 기운을 차려 다시 세상을 살아가는 힘을 얻는 것이다.

아버지께서는 나에게 가시고기와 같은 분이셨다. 그님은 항상 일과 함께 사셨고, 우리들은 그런 부친의 정기를 받아 힘차고 굳건하게 자랄 수 있었던 것이다. 자기의 힘으로 새끼를 키우고, 자신을 희생시켜 그 살점으로 자식들에게 살아갈 힘을 제공해 주는 숭고한 가시고기의 사랑, 이보다 더 가치 있는 삶이 또 있을까.

강아지

    우리 집에서 나의 자리는 언제나 현관입니다. 그곳은 우리 가족들의 출입을 제일 먼저 알 수 있는 곳이기 때문이지요. 오늘도 그곳에 나지막이 앉아 온 신경을 엘리베이터 쪽에 향하고 있습니다. 저쪽 멀리에서 희미하게 낯익은 발자국 소리가 들려옵니다. 제일 좋아하는 이 집 막내딸의 발자국 소리입니다. 드디어 누나가 집에 돌아오는 것입니다.

    나는 10m쯤 옆에 있는 소파로 달려갑니다. 그곳에서 예에 따라 컹컹 하고 언니가 돌아오는 것을 환영하는 나만의 세레모니를 시작합니다. 누나가 부둥켜안고 얼굴에다 뽀뽀를 합니다. 그리고는 꼭 안아줍니다. 나는 언니가 안아주는 것이 제일 좋습니다. 그리고는 "왕자야, 사랑해. 이 세상 누구보다도 너를 제일 사랑해!" 하시며 예뻐하는 것입니다.

    나의 이름은 '왕자'입니다. 누나들은 가끔 '조세핀'이라고도 하지요. 그런데 제가 왜 왕자인 줄 아십니까? 내가 이 세상에 태어나 처음 이 집에 입양돼 왔을 때, 어찌나 예쁜 짓을 많이 하는지, 이 집 작은 딸은 나를 한참동안 곰곰이 쳐다보는 것이었습니다. 그러더니 번쩍 들어올리며 "얘는 틀림없는 왕자다. 하느님께서 내게 백마를 탄 왕자를 보내주신 거야. 나는 더 이상 부를 이름이 없어. 이 개는 왕자야. 어이구, 왕자야 이리와."라고 하시며 나를 즉석에서 왕자라고 이름을 지어 주신 것입니다.

그렇습니다. 나는 태어난 지 1년 6개월이 조금 지난 몸무게 6킬로그램짜리 개입니다. 부모님은 시츄와 조그만 개였던 것 같습니다. 내가 털이 좀 길고 예쁘게 태어난 것도 이 때문이지요. 사람들이 나를 보면 "아이, 개 참 예쁘다."고 말을 합니다. 그러면 나는 얼굴을 꼿꼿이 세우고 앞으로 당당하게 걸어가지요. '나보다 더 예쁜 개가 있으면 나와 보라고 그래.'라고 생각하면서 말이지요.

그러나 나에게도 약점이 있습니다. 똑바르고 뾰족하게 자라야 할 송곳니가 앞으로 향해 비뚤어지게 자라고 있다는 것이지요. 이것을 보고 아빠는 '언청이가 아니면 일색'이라고 놀려대지만 나는 그냥 괜찮습니다.

나의 이 집 주인은 막내딸이고, 그 다음은 큰딸입니다. 나는 가끔 막내딸 옆에서 자기도 하지만 지금은 거의 큰딸 옆에서 잡니다. 왜 이렇게 됐냐구요? 아 글쎄 작은 딸이 나에게 말도 안하고 하룻밤을 들어오지 않은 거예요. 화가 많이 났습니다. 그리고 그 날 밤은 나도 엉엉 울었답니다. 그 뒤로 막내딸은 사과를 청했지만, 나는 듣지 않았습니다. 그런 뒤로 새치름하게 막내딸을 대했습니다. 빵과 아이스크림을 사다주곤 하지만 아직 내 마음은 풀리지 않았습니다. 아마 1년은 갈 것 같습니다. 수놈인 나의 진정이 어디 헌신짝 버리긴가요?

큰언니는 내 마음에 꼭 드는 사람입니다. 예쁜 얼굴에 듬직한 풍채도 그렇고, 나의 마음을 얼마나 잘 알아주는 누나라구요. 예뻐해 주는 것도 막내딸보다 더합니다. 그보다 더욱 마음에 드는 것은 거의 매일 간식을 사다준다는 것입니다. 그래서 그 날부터 큰누나한테 자기로 마음먹었습니다. 그리고 지금까지 그러는 거예요.

어머니는 가끔 나에게 밥을 주시지만 친어머니인 어미 개처럼 인자하질 않습니다. 꼭 어딘지 모르게 나의 가족이 아닌 것처럼 그러신다니까요. 어떤 때는 상냥하게 굴었다가 어떤 때는 아주 무섭게 하셔요. 내가 좀 실수를 했다고 해서 그렇게 하시면 되는 겁니까. 그래서 그것을 꾹 참고 있다가 누나들이 오면 '으엉 컹 으엉 컹' 하고 어머니께 앙탈을 부립니다. 그러면 저놈이 또 저런다며 또 나를 때리는 것입니다. 억울한 것은 저뿐이라니까요.

아빠와 형님은 친하고 싶어도 결코 친할 수 없는 그런 부류의 사람들입니다. 아빠는 안방에 오줌만 쌌다 하면 나를 때리는 거예요. 처음엔 덤비며 항의도 해봤죠, 그러나 그것도 잠깐, 오줌을 누었다 하면 때리고, 또 때리고 합니다. 항의를 거듭하며 앙탈을 부리던 나는 지금은 거의 항복을 했습니다. 아빠도 언제 너를 때렸느냐는 듯 금방 풀려 예뻐해 주신답니다. 그래서 아빠에게 내린 결론은 오줌만 싸지 말고 가만히 있자, 그것입니다. 그러면 아빠는 때리지 않으시니까요.

아빠는 또 나와 함께 집 앞에 있는 산으로 등산도 하십니다. 산에 도착하면 끈을 풀어주시는데 이때가 되면 제일 신나는 때입니다. 아빠 10m 앞에서 가슴을 떡 벌리고 이리저리 헐떡거리며 가면서 건장한 다리를 뽐냅니다. 아빠는 산에 갈 때는 참 잘해주십니다. 그래서 이때가 제일 행복합니다.

형님은 그냥 나의 친구입니다. 보통 때는 나와 멀리 있던 형님은 무슨 신경질이 나면 나를 개 패듯 한다 그것입니다. 그런데 그놈의 손이 어떻게나 매운지 그 큰 손으로 한 번만 맞으면 갈비뼈가 부러질 것 같아요. 그래서 형만 보면 꼬리를 내리고 이리저리 도망간답니다. 그냥 재수 없는 친구랄까요?

나는 할 일이 없으면 베란다에 가서 아파트 밑을 내려다봅니다. 벌써 봄은 봄인가 봅니다. 저 밑 산책로에는 나와 거의 크기가 같은 개 대 여섯 마리가 이리 뛰고 저리 뛰고 야단입니다. 난 그애들을 보며 "왜 재들이 저렇게 뛰고 야단들이지?"라고 생각합니다. 개쯤 됐으면 나처럼 이렇게 점잖게 있어야지. 저렇게 철없이 구니까 '개처럼 군다느니, 개만도 못하다느니'라는 소리를 사람들에게 듣는 게 아니겠습니까.

밖에 나가있는 아빠가 그립습니다. 얼른 들어오셔서 나를 데리고 산에나 가 줬으면 좋겠습니다. 비록 옛날보다 말의 권위는 떨어지셔서 가족들이 듣지는 않지만 말입니다. 이럴 때 보면 아빠가 참 불쌍할 때가 많습니다. 저도 늙으면 저렇게 되지 않을까요?

할머님의 사랑

"아가야, 다리미에다 숯불 좀 넣어 가지고 오니라."

할머니는 큰손자 중학교 월사금수업료으로 주려고 장만해 놓으신 꼬깃꼬깃한 지전지폐을 고쟁이 주머니 속에서 꺼내 놓으시면서 며느리에게 당부하셨다.

"이 돈은 나라에게 바치는 돈인디 워떻게 이렇게 구겨진 것을 그냥 준댜? 내가 다리미로 이렇게 쫙 펴서 넣어 줘야 직성이 풀리제. 야 며늘아야, 그리고 너는 잿개미 좀 준비해 놔. 엽전도 깨끗하게 닦아야 하니께."

할머니는 그렇게 중학생 형님의 월사금을 정성스럽게 준비하셨다. 엽전도 잿개미로 깨끗하게 닦아 반들반들하게 윤을 낸 뒤, 지전 紙錢과 함께 반듯한 봉투에 넣어서 아랫목에 있던 선반 위에 곱게 모셔 놓았다.

"내일이면 예쁜 우리 손자가 이걸 갖고 핵교에 가 훈장 선상님께

줄기여.”

할머니가 이 세상을 떠나신 지 벌써 60년이 됐다. 손자 3형제를 낳게 해달라고 장승 옆을 지날 때마다 비셨다던 할머니. 드디어 셋째 손자인 내가 태어난 지 8개월 쯤 됐을 때, 그때엔 고치기 어려웠던 고창병蠱脹病으로 돌아가셨다. 할머니는 59세까지 사셨으니 환갑도 못 넘기셨다. 유일한 혈육이었던 고모님을 시집간 지 얼마 되지 않아 잃으셨다. 그 뒤 한참 동안을 상심하시던 할머니는 아버지를 양자로 삼으신 뒤에야 웃음을 되찾으셨다고 한다.

아버님의 효성은 그 지방에서 사람들이 모두 알 정도로 지극하시어 할머니를 당신의 친어머니 이상으로 섬기셨다. 그래서 아버님은 할머니가 돌아가시자 3년 동안 상복을 입으시고 산소가 있는 뒷동산에 가서 곡을 하시고 절을 올리셨다. 그리고 초하루, 보름날에는 꼬박 삭망제를 지내곤 하셨다.

할머니는 자식이라면 사랑이 지극하셨다. 집안의 장손인 큰형님이 태어나자 면내를 업고 돌아다니시며 “나 손자 봤다.”고 떠들고 다니셨다니 할 말이 없지 않은가. 그리고는,

“어이구 귀여운 내 새끼. 우리 도지사, 우리 군수님이 납시셨다”면서 궁둥이를 손으로 들썩들썩 하셨단다. 시골에만 계셨던 우리 할머니는 우리나라에서 제일 높으신 분이 대통령이 아니라 도지사와 군수로 알고 계셨던 것 같다.

어린 꼬마가 도지사와 군수를 어떻게 알았을까마는 할머니는 손자에게 그것이 되어 달라고 모티베이션(motivation, 動機誘發)을 하셨던

것이다. 나중에 큰형님이 충남 청양군 교육장으로 부임하셨을 때, 그 지역에서 모이신 학부모님들을 상대로 이런 이야기를 했었다. 그 청중들은 한결같이 이렇게 수군대기도 했단다.

"할머니가 어렸을 때부터 그렇게 열성적으로 교육을 시켰기 때문에 지금은 선생님께서 교육장을 하신다."고

그러면 할머니께서 하신 일들은 무엇이었을까. 그것은 아마 수천, 수만 년 전부터 내려온 토테미즘 덕분일 것이다. 할머니는 갑자기 20대에 할아버지를 잃고 혼자가 되셨다. 그래서 이 세상에서 얼마 살지 못한 할아버지를 섬기듯이 모든 사물을 숭배의 대상으로 삼고 사시게 되었다.

정월 대보름날엔 개울가에 돌다리를 뇌주고 떡을 해놓은 뒤 보름고사를, 우물에선 우리에게 먹음직스럽고 맑은 물을 제공한다고 우물고사를 지내셨다. 굴뚝에서는 연기를 잘 빼내주는 굴뚝이 고마워 굴뚝고사를, 그리고 소에게는 일도 열심히 하고 죽어서는 고기도 주는 우공牛公이 고마워 고사를 지내셨다. 장독대에도 신앙이 있어 매일 저녁이면 물을 떠다 놓고 가족의 안녕을 비셨다.

할아버지께서 돌아가신 뒤부터 할머니는 매일 저녁 냉수로 목욕을 하셨다. 그때마다 "우리 손자 공부 좀 잘하게 해주시오"라고 비시는 것이었다. 또 뒷동산 작은 옹달샘 뒤에 있는 계곡에는 '진석이 바위'라는 것이 있는데, 이것은 둘째 형님을 위해 빌기 위해 할머니께서 지어 놓으신 것이다. 바위같이 무겁고 진중하고 변함없이 행동을 하라고 그렇게 지으신 것이다.

할머니는 이렇게 모든 것을 숭배의 대상으로 모셨다. 이 세상에

신령님이 없는 곳이 없었다. 그래서 물건 하나하나마다 빌 무엇인가를 만들어 놓고 그것을 숭배하셨던 것이다. 그래서 달걀귀신, 뒷간귀신도 있지 않은가.

그러나 지금 우리들은 어떠한가. 지금 사람들은 우리 할머니처럼 손자들을 진정 귀하게 여기는 것이 엷어진 듯하다. 돈만 주면 그만이라는 생각도 한다. 그리고 공부만 잘해 좋은 학교에 보내는 것만을 최고선으로 여긴다. 그러면서도 예전에 우리 할아버지 할머니께서 했던 이러한 신앙을 허망한 미신으로 치부하면서 멀리한다.

그러나 내가 보기에는 그것은 신성한 토속신앙이다. 우리 민족이 옛날부터 가지고 지켜왔던 믿음인 것이다. 돌과 나무, 그리고 우리와 관계가 있는 모든 사물을 상대로 그것을 믿고 숭배했던 우리만의 토테미즘, 그것이 우리를 이만큼 키워 준 것은 아닐는지.

하루 빨리 할머니를 뵙고 싶다. 뒷동산에 가서 할머니 묘소 좀 보고 와야겠다. 그동안 할머니께서는 손자들을 얼마나 아끼시고, 무슨 생각을 하시며 지내시는지 여쭤 봐야겠다.

전병삼

sopyeng@hanmail.net

청주중·고등학교 졸업
중앙대 및 대학원 국어국문학과 졸업
청주일신여중고, 청주신흥고 교사
충북대 국어국문학과 강사 등
현 중앙대 부속고 교사
「지구문학」 신인상(시), 「수필문학] 추천완료,
지구문학작가회 회원, 한국수필문학가협회 회원

다시 젊은 손수 운전자들에게

…… 이제 너는 차를 몰고 달려가는구나./ 철따라 달라지는 가로수를 보지
못하고/ 길가의 과일 장수나 생선 장수를 보지 못하고/ 아픈 애기를 업고 뛰어
가는 여인을 보지 못하고/ 교통 순경과 신호등을 살피면서/ 앞만 보고 달려가
는구나./ 너의 눈은 빨라지고/ 너의 마음은 더욱 바빠졌다.……

거리를 질주하는 수많은 젊은 손수 운전자들이여, 이 시가 김광규
시인의 「젊은 손수 운전자들에게」라는 작품임을 잘 알고들 있겠지
요? 시인은 이 작품을 통해서 편리함만을 추구하며 바쁘게 살아가
는 당신들의 삶을 날카롭게 풍자하고 있구려. 이웃에 대한 관심이나
배려와 같은 근원적 가치마저 잃고 생활하는 모습들이 안타까워서,
더불어 살아가는 삶의 소중함을 깨우쳐 보려고 애를 쓴 것 같소
그런데, 젊은 손수 운전자들이여, 내가 갑자기 이 시를 끄집어내
서 들먹이는 이유가 궁금하지 않소? 그렇다오, 나는 벌써 내 스스로

운전하기가 하도 무서워져서 당신네 젊은 손수 운전자들에게 하소연이나 좀 해보려는 게요.

이 작품이 발표된 해가 1986년이니, 내가 운전면허를 따서 처음 운전을 시작하기 2년 전이었구려. 그때의 나도 어엿한 젊은 손수 운전자였단 말씀이오. 그리고 보니, 내가 자동차 운전을 시작한 지가 벌써 만 20년이 됐단 말인가? 나는 88 서울올림픽이 열리던 5월에 운전면허증을 받고, 그 해 12월부터 차를 몰기 시작했으니까. 올림픽 열기가 서서히 식어갈 즈음에 덜컥 소형차 한 대를 샀지 뭐요. 도로 주행 연습도 전혀 해보지 않고 말이오.

처음엔 매일같이 차문만 열었다 닫았다 했겠지요. 선뜻 차에 오를 수가 있어야지. 그러면서 한 달쯤이 지났을까, 나는 무조건 차에 올랐지. 만용을 부렸던 게요. 뒤에다가는 남들처럼 서툰 붓글씨로 '초보운전'을 큼지막하게 써 붙이고 말이오. 운전 학원에서 약간 익힌 것들을 떠올리면서 무조건 앞만 보고 가속 발판, 브레이크 발판, 기어 변속 발판 들을 밟아가며 핸들 조작을 시작했다오. 하루는 5㎞, 다음날은 10㎞… 한겨울임에도 등줄기에는 땀이 흥건한 채로 겁 없이 주행에 들어갔지만, 출근하면 집에 갈 생각, 집에 오면 출근할 걱정에 마음을 졸였겠지요.

그렇게 나의 운전은 빙판길 위에서 시작되었다오. 그리고 지금까지 다행스럽게도 나의 실수로 인한 심각한 사고는 내지 않았소. 다만 좌회전 미숙으로, 조수석에 앉았던 아내의 안전띠 미착용으로, 주정차 위반으로 한 번씩의 범칙금을 기꺼이 물었지요. 아쉬운 것은, 나도 고속도로에서 무턱대고 앞차만 따라가다가 약간의 과속(14㎞와

17㎞)이 카메라에 찍혀서 두 차례의 범칙금을 낸 것이라오. 어때요? 그래도 상당히 양호한 편이지요? 그런데 요즘 들어 부쩍 운전하기가 겁이 난답니다. 당신네들의 운전이 너무나도 난폭하게 느껴져서 말입니다. 고속도로를 주행할 때마다 핸들을 잡은 손에 자꾸 힘이 들어간다니까. 교차로 통행이나 야간 운전을 할 때는 더더욱 조심스럽다오.

여러분들은 운전 중에 더러 승용차 뒷유리창에 "천천히, 노인께서 운전 중입니다." 라는 문구를 본 적이 있을 겝니다. 얼마 전에 처가엘 들렀더니, 장인어른 승용차에도 이러한 스티커가 붙어 있더군요. 이는 2005년부터 경찰청과 대한노인회가 배포하고 있는 노인 운전자들을 보호하기 위한 소위 '실버 마크'랍디다. 자동차 보급이 일반화되고 갑작스럽게 고령화 사회로 접어들면서 65세 이상 노인들의 운전면허 소지자가 100만 명에 이르고 있는 현실에 그들을 위한 유일한 대비책인 셈이죠. 미국이나 일본 등의 교통 선진국에는 이미 오래 전부터 노령 운전자 안전 대책이 다양하게 시행되고 있다고 하는데……

문제는 고령 운전자와 관련된 교통사고가 급증하고 있다는 점이오. 교통 당국의 통계에 따르면, 2003년에 24만여 건의 교통사고가 2007년에는 21만여 건 정도로 줄어든 반면에, 65세 이상의 노인 운전자 사고는 2003년의 4500여 건에서 2007년에는 8300여 건으로, 거의 두 배나 증가했다고 합디다. 또한 나이가 들어갈수록 자신의 운전 미숙이나 노화로 인한 운전 능력 감퇴를 스스로 인정하기란 쉬운 일이 아닐 겝니다. 노화 현상은 주의력이나 기억력, 판단력 등의 퇴화는 물론, 원활한 운전에 필요한 유연성이나 순발력, 시각 기능이나 반응 속도를 현저히 떨어뜨릴 것임이 자명한 데도 말이에요.

젊은 손수 운전자 여러분, 거리를 달리는 차 속에는 여러분의 아버지, 어머니는 물론, 심지어 할아버지, 할머니 들도 엄청나게 많답니다. 그들도 한때는 모두 손수 운자들이었지요. 그러나 이젠 당신들, 자식이나 손주들의 무시무시한 속도에 가슴을 졸이며, 지정속도마저 사뭇 미치지 못한 채로 잔뜩 운전대를 움켜쥐고 어렵사리 출타중이시랍니다. 올해 꼭 여든이신 우리 장인께서도 아침마다 테니스 코트엘 가시거나 밤중에 급한 왕진을 하셔야 할 경우에는 부득이 손수 운전을 하신다니까요. 그러면서 수시로 여러분들의 난폭한 운전에 힘겨워하신답니다. 그러시는 모습을 보면서 나 또한 새삼스럽게 당신들과 함께 도로를 달리기가 겁이 나구요.

자, 다시 젊은 손수 운전자들이시여, 노인 손수 운전자들을 위한 교통 정책 하나 제대로 수립하지 못하고 당리당략, 제 밥그릇만 챙기려고 이전투구하는 정치꾼들을 한껏 힐난하면서, 위의 시구나 거듭 우렁차게 읊조려 봅시다. 그리고 이제부터 여러분이라도 '철따라 달라지는 가로수를 살펴보고, 길가의 과일 장수나 생선 장수들, 아픈 아기를 업고 허겁지겁 내닫는 가여운 아낙네들을 기다려주면서, 특히나 힘겹게 차를 운전해야 하는 여러분들의 아버지 어머니, 더욱이 할아버지 할머니들을 최대한 보살펴 드리면 어떨까요? '아기가 타고 있어요' 스티커가 붙어 있는 차들처럼, 아니 '초보운전' 표지를 단 차들보다도 더욱 배려하면서, 아주 아주 천천히 차를 몰지 않으렵니까?

벌써 꽤 많이 느셨네요

"큰형님, 오늘은 스매싱이나 복습하실까요?"

강남구민체육관 탁구장 코치는 물론, 몇몇 능글맞은 회원들은 어느덧 나를 큰형님, 큰오빠라 부른다. 졸지에 아내는 큰형수, 큰언니가 되었다. 주간반에는 6, 70대 분들도 좀 있다지만, 오후 7시부터 시작하는 야간반의 30여 명 회원 중에서는 내가 가장 나이가 많은 모양이다.

우리 내외가 탁구를 본격적으로 배우기 시작한 지도 벌써 1년이나 지났다. 그러니까 작년 5월에 우리들의 결혼기념 선물이라면서 큰아이가 불쑥 강남구민체육관 탁구회원 등록증을 두 장 끊어 왔다. '생명은 움직임이고, 움직임은 곧 생명(Life is movement, Movement is Life)'이라나. 이제부터라도 건강한 노년 생활을 위해서 운동을 꾸준히 해야 한다는 것이다. 뜻밖이었지만 고맙고 기특하기도 해서 우리는 그 후 저녁마다 탁구 연습에 골몰했다.

어느 날은 아예 책읽기나 글쓰기도 접고, 10시가 넘도록 회원들과 함께하기도 한다. 이 핑계 저 핑계로 일주일에 세 번 치면 양호한 편이다. 그래도 회원들은 우리들이 아주 열성이라며, 매우 좋아졌다고 부추겨 세운다. 뻔한 거짓말인데도 싫지가 않다. 생각만큼 기술이 쑥쑥 향상되지는 않을지라도 아직까지는 염증을 내지 않고 땀을 흠뻑 흘려가면서 열심히 노력하는 편이다.

라켓도 요즘 유행하는 세이크 핸드(shake hands)로 새로 장만하고 복장도 회원들과 어울릴 수 있도록 갖췄다. 다른 회원들보다 우리에게 더욱 관심을 갖고 지도해 주는 최 선생이 더없이 고맙다. 탁구의 핵심인 포어 핸드는 물론이고, 커트, 드라이브, 스매싱, 로빙, 스트로크 등의 응용기술까지 자상히 가르쳐 주니 말이다. 아직 모든 기술이 서툰 데도 연습 상대가 되어 주고 부족한 점들을 바로잡아 주는 회원들도 고맙다. 때로는 엇비슷한 수준의 상대들과 시합도 해 본다. 지는 것이 당연하지만 그래도 재미는 있다. 거뜬히 이길 수 있는 경우라도 뜻밖의 실수를 한 듯이 은근히 져 주는 회원들의 배려가 가슴을 덥힌다.

내가 처음 탁구 라켓을 잡아본 것은 중학생 시절이었것다. 그 당시에는 강당에 두어 대밖에 없는 탁구대를 놓고 선후배, 친구들과 다투느라 일 년에 고작 대여섯 번이나 쳐 봤을까 말까였다. 고등학생 때에는 다행히 한참 열을 내서 다니던 성당에 탁구대가 있어서 마음만 먹으면 언제라도 탁구를 칠 수 있었다. 대학을 다닐 때에는 친구들과 어울려서 가끔씩 학교 앞 탁구장에서 라켓을 갈겨대며 어수선한 시국의 울분을 달래기도 했다. 물론 탁구에 대한 세련된 기술은 전혀 몰랐다. 제대로 배운 적도 없었다. 덮어놓고 공을 때려대거나 요리조리 잔재주를 피우는 것으로 희희낙락했을 뿐이었다. 그때는 대부분 라켓도 펜 홀더(pen holder)만을 사용했다. 그러나 정작 사회생활을 시작하고서는 탁구를 까마득히 잊고 지냈다. 우리 나라 선수들이 각종 국제 대회들을 석권하던 탁구 붐도 슬그머니 스러져 버리고, 그 많던 탁구장들이 시나브로 없어진 것도 한 이유가 되리라.

그 동안 전혀 운동을 안한 게 아니다. 어려서는 까부느라고 가끔 친구들과 복싱이나 태권도 도장엘 들락거렸고, 체격적으로나 체력적으로 달리지만 억지로 축구, 배구, 족구 등에도 어울려 보았다. 얼마씩의 경비를 들여가면서 헬스, 테니스, 수영, 볼링, 심지어 근자에는 골프채 가방도 메고 다녀 보았다. 이 모임 저 모임에 참가해서 등산을 하거나, 돈 한 푼 안 드는 양재천 걷기도 잊어 버리지 않을 만큼은 하는 셈이다. 그렇기에 이 정도의 건강이나마 유지하고 있는 걸까? 그렇지만 그 어느 것에도 짜릿한 흥미를 느끼지 못하는 편이다. 그런데 요즘에 와서 제법 탁구에 재미를 붙여가고 있는 중이니 희한한 일이기도 하다.

탁구는 좁은 장소에서 언제나 즐길 수 있다. 비나 눈이 와도 할 수 있는 운동이다. 운동 자체가 별로 과격하지 않아서 초등학생에서부터 남녀노소를 가리지 않고 누구와도 어울릴 수 있다. 유별난 기구나 값비싼 장비 따윈 필요 없다. 라켓에 공 하나면 그만이다. 그러면서도 인체의 근육계, 골격계, 순환 호흡계, 신경계를 자극시켜 주고, 민첩성과 순발력, 유연성과 집중력을 상당히 필요로 하는 운동이다.

친구들은 골프야말로 정말 매력 있는 운동이라고 수시로 나를 꾄다. 나는 수억 원씩이나 간다는 골프 회원권을 살 능력도 안 될 뿐만 아니라, 골퍼들의 월 평균 지출액이 평균 50여 만 원이나 된다는 조사 결과마저 썩 내키지 않는다. 탁구회원권은 매월 5만원 정도면 만사가 끝인 걸. 집에서 5분 거리에 있는 구민체육관의 프로그램에는 헬스를 비롯해서 에어로빅, 요가, 댄스 스포츠, 배드민턴, 테니스 등의 프로그램이 있지만, 나의 여건으로 무리 없이 즐길 수 있는 건 단연 탁구인 듯하다. 그래서 우리 부부는 당분간 딴눈 팔지 않고 열심히 탁구나 익힐 계획이다. 둘이서 토닥토닥 공을 주고받는 즐거움이 제법이다.

돌이켜 보면 너무 무질서하게 살아온 삶이다. 버젓하게 이룬 게 없다. 나머지 인생이나마 후회를 덜하면서 살아가려면 아무래도 건강이나마 좀 더 챙겨야 할 것 같다. 요즈음, 몇 해 전에 읽다가 덮어 두었던 일본의 석학 모로하시 데츠지(1883 - 1982)의『공자 노자 석가』(심우성 옮김)를 새삼스럽게 꺼내 들었다. 동양 사상에 대한 해박하고 폭넓은 지식을 담고 있는 책의 내용뿐만 아니라, 이 책을 자신이 세상을 떠나던 100세 때에 간행했다는 경이로움에 새삼스럽게 마음이 끌려서이다.

뒤늦게 생각을 고쳐 다시 시작한 글쓰기다. 맘에 꼭 드는 시 세 편쯤이나, 남에게 떳떳이 권할 만한 수필 세 편쯤은 제대로 쓸 수 있을까 모르겠다. 얄팍한 식견에 변변찮은 재주일망정 뭔가를 보듬고 가다듬을라치면 아무래도 얼마간은 더 무탈하게 견뎌보아야 할 것 같다. 어느덧 우리 나라 사람들의 평균 수명이 80에 이르렀다.

머잖아 100세까지도 슬그머니 바라보고 있다 하니, 얼마만큼의 기대
와 희망을 걸어보고 싶다. 뒤늦게 부지런을 떨어보고 싶은 것은 벌
써 노욕증일까? 그러기 위해서 난 오늘, 저녁 숟가락을 놓자마자 아
내와 함께 서둘러서 탁구회원들을 만나러 간다.

소중한 감사장

"귀하는 평소 어려운 여건 속에서도 경로 효친 정신이 투철하여 노인복지 증진과 인륜의 바탕이 되는 도의 사회 구현에 기여한 공이 현저할 뿐만 아니라, 특히 자기 관내 노인정 운영에 대한 경로심에서 막대한 재정까지 투입, 노인정 운영비는 물론이요, 수시로 노인들의 간식 접대와 아울러, 효도 관광까지 실시해 줌으로써 사라져가는 민족 고유의 미풍양속 계승 발전에 이바지한 공로가 지대하여 경로 정신 함양에 값진 본보기가 되므로, 만삼천여 회원들의 뜻을 모아 감사드리며, 이에 감사장을 드립니다."

이는 돌아가신 아버지께서 1992년 11월 17일자로 청주시장과 대한노인회 청주시 지회장으로부터 받으신 감사장의 문구다. 내용이 다소 어색하지만 한 글자도 첨삭하지 않은 그대로다. 따져 보니, 아버지 춘추 일흔 셋이셨을 때 받으신 것이다.

아버지께서는 언제부터인지 계절에도 관계없이 매일 아침, 5시쯤이면 집을 나가셨다. 아마도 아버지께서 경로당(노인정)엘 나가실 연세가 되셨을 때부터였을 것이다. 리어카에다가 빗자루와 삽, 그리고 당신께서 손수 페인트통을 잘라 만드신 쓰레받기를 싣고 말이다. 그리고 한 두어 시간이 지나서야 리어카에다 온갖 쓰레기를 잔뜩 싣고 땀을 흠뻑 흘리시며 돌아오신다. 옷은 엉망진창이 돼 버렸다. 그러면 거의 대부분 어머니의 성화가 아버지의 심화를 건드린다.

"몰골이 그게 뭐냐, 입성옷은 또 어떻고, 빨래 해대기에 진절머리가 난다, 애들 체면 생각을 좀 해야 하지 않느냐, 하루 이틀도 아니고……."

어머니의 불평은 이내 우리 형제들에게 돌아온다, 제발 아버지 좀 말려 보라신다. 이웃 사람들 보기조차 창피하시단다. 아무리 그래도 아버지는 끄떡도 않으신다. 모아온 쓰레기들을 대문 앞에 쏟아 놓고 이것들을 다시 분류하시느라고 여념이 없으실 뿐이었다. 신문지는 신문지대로, 박스는 박스대로, 술병들은 술병대로 능란하게 잘도 갈라내신다. 전혀 쓸모가 없는 진짜 쓰레기는 대형 쓰레기봉투에 꾹꾹 눌러 담으시고 날이 갈수록 비좁은 창고는 물론, 가게 구석구석, 집안 곳곳은 갖가지 재활용품들로 가득해진다. 그렇지만 우리 형제들은 은근히 아버지 편이었다. 때로는 어머니의 눈치를 슬슬 살펴가면서 아버지께서 하시는 일을 스리슬쩍 도와 드리기까지 했으니까.

그렇게 한 달 쯤 지나면 어김없이 집 앞에 고물상 트럭이 찾아온다. 그 동안 쌓였던 신문지며, 박스며, 빈병들을 한 차 가득 실어낸다. 이윽고 아버지와 고물상 주인 간에 거래가 이루어진다. 그러면 온 집안이 허전할 정도로 말끔해지는 것이다.

아버지께서는 결코 생활비나 용돈이 궁핍해서 그러시는 것이 아니었다. 여든이 넘으시도록, 그 규모는 차츰 줄어들긴 했으나, 힘에 부치셔도 꾸준히 싸전을 지키셨으니 말이다. 물론 다행스럽게도 가까이 사는 둘째와 막내 동생이 수시로 본가엘 드나들면서 부모님들을 살펴 드렸다. 또한 부모님들의 수입에 관계없이 우리 형제들은 그리 풍족스럽지는 않지만 매달 얼마씩의 용돈을 모아 드렸다. 아버지께서는 그렇게 수고해서 모은 돈만큼은 모두 노인정 경비로 입금하시는 것이다. 절대로 집안일을 위해서는 쓰시질 않으셨다. 어머니께서는 그게 더욱 불만이셨을 게다. 그래서 어머니는 아예 노인정 근처에는 얼씬거리지 않으시려고 했다.

　감사장에도 나타나 있듯이, 아버지께서는 그 돈을 경로당 노인들의 회식비, 효도 관광비, 겨울철 난방비 등의 일부로 충당하셨다. 자식들에게 푼푼이 타다가 내는, 회원들의 얼마 안 되는 회비나 시청에서 보태주는 보조금만으로 경로당 살림을 제대로 꾸려가기는 턱없이 부족하다고 했다. 심지어 해마다 맞이하는 특별한 날, 이를테면 어버이날이라든지 아버지의 생신날 등에는 노인들에게 최소한 육개장이나 닭백숙 정도의 식사는 대접해야 한다시며 우리들에게 구차스런 부탁을 하시기도 했다. 더러는 관광버스 대여료 조의 후원을 요청하시기까지 했다. 그게 다 우릴 위해서 그러는 것이라며 은근히 둘러대시기도 했다. 그때도 우리들은 아버지 편이었다. 우리는 어머니 몰래 별도로 용돈을 보태 드렸으니까.

　아버지께서 새벽마다 동네 청소를 하신 것은 꼭 이 한 가지 이유만은 아니었다. 구역마다 지정된 미화원들이 있어서 나름대로 청소를 한다지만 그들은 그냥 건성으로, 봉급이나 받기 위해서일 뿐이라고 하셨다. 진심에서 우러나서 청소를 하는 게 아니라는 것이다. 그들만 믿다간 동네가 너무 지저분해진다고 하셨다. 그래서 아버지께서는 그들의 손이 닿지 않는 골목골목 후미진 곳까지를 샅샅이 살피시고 슬그머니 방치된 쓰레기들마저도 알뜰히 수거하셨던 것이다. 어머니의 '당신이 우리 동네 청소부요, 미화원이냐'는 핀잔을 전혀 아랑곳하지 않고 말이다. 그래서일까? 우리 동네 사람들이 변두리치고는 항상 깨끗하다는 인상을 갖고 살 수 있었던 것은. 가끔가다가 아버지께서는 값비싼 담배도 한 보루, 음료수나 쌍화탕도 한 통씩 들고 오시면서 매우 만족스러운 표정을 지으시곤 했다. 동네 주민들의 고마움이 담긴 선물들인 셈이다.

아버지께서 향년 여든 다섯으로 이승을 떠나실 때, 얼마 동안 집을 비워 놓고 자식들과 함께 사셨음에도 경로당 어르신들이 불편하신 몸들을 이끄시고 모두 장례식장엘 찾아오셨다. 노인분들이 또 그렇게 안타까워하시면서 아버지를 애도하심에, 상주들이 오히려 몸 둘 바를 몰랐었다.

나는 아쉽고 죄송스러웠지만 대부분의 유품들은 아버지의 유지를 받들어 과감히 정리해 버렸다. 그러나 위의 감사장만은 아버지의 영정 옆에 소중히 걸어 놓고 수시로 나 자신을 꾸짖어 본다.

"아버지, 저는 분명히 아버지의 아들. 그런데 왜 저는 아버지의 그 너르고 따뜻하신 베풂을 제대로 본받지 못하고, 이토록 하루하루를 비정하고 삭막하게 살아가고 있는 걸까요? 언제쯤이면 저도 아버지의 아들답게 아낌없이 베풀면서 떳떳하게 살아갈 수 있을는지요?"

김해응

jiohe@hanmail.net

문학박사
순수문학 「서른 즈음에」로 등단
현재 중국인민대학교 중어중문학과 교수

나의 친구 얼룩이

초등학교시절 나는 시골에서 할머니, 할아버지랑 같이 살았다. 지금도 동화 속 이야기에서처럼 예쁘고 작은 그 시골마을을 잊을 수 없다. 병풍처럼 둘러싸인 푸르른 산, 돌돌 흐르는 개울물, 산에 들에 피어난 예쁜 꽃들, 고사리, 개암, 산딸기, 머루… 없는 것이 없다. 할머니네 집은 바로 이런 아름다운 경치가 한눈에 안겨오는 남산자락에 있었다. 이 아름다운 곳에는 나의 어린 시절을 함께 해준 가장 친한 친구 얼룩이가 있었다.

얼룩이는 태어난 지 한달 만에 할아버지가 이웃마을에서 얻어온 개다. 시골에서는 누구네 개가 강아지를 낳으면 필요한 이웃들에게 인심 좋게 그냥 나눠준다. 얼룩이는 낮에는 잘 놀다가도 저녁이 되면 엄마 품이 그리워 깽깽 슬피 울었다. 그럴 때면 나는 죽을 끓여 얼룩이에게 주었다. 손으로 머리를 살살 쓰다듬어주는 나를 엄마로 알았는지 그 후부터 얼룩이는 나의 가장 친한 친구이자 보디가드가 되어 항상 그림자처럼 따라다녔다.

할아버지 댁에서는 얼룩이 외에도 착한 눈망울을 가진 암소 한 마리와 순백색의 거위 몇 마리를 키웠었다. 할아버지께서는 논밭 일이 바쁘시다 보니 초등학교 3학년생인 나까지도 집안일을 도와드려야 했다. 시골 초등학교는 일찍 수업을 마쳤는데, 방과 후면 나는 집에 들어서기 바쁘게 책가방을 놓고 소와 거위들을 몰고 집 앞에 산 속으로 방목하러 가곤 했다. 어린 나이에 친구들과 놀고 싶었지만 연로한 할머니 할아버지께서 일하시는 모습을 보면 차마 도와드리지 않을 수가 없었다.

소는 엉덩이 옆의 작은 배가 뿔룩 나올 때까지, 거위는 목 아래 부위가 거위알이 들어있는 것처럼 툭 불거져 나올 때까지 먹여야 배가 부른 것이기에 그때까지 풀을 먹이려면 해가 뉘엿뉘엿 져간다. 워낙 눈이 커서 겁이 많은 나는 소를 방목하는 시간이 제일 무서웠다. 한적한 오후에 산 속에서 소를 방목하다가 다람쥐며 각종 새들의 소리가 조금만 들려도 나는 간이 콩알만 해졌다. 그럴 때면 옆에 있는 얼룩이가 멍멍 짖으며 나에게 용기를 북돋아 준다. 엄마들이 밤길을 혼자 걷는 것보다 애기라도 업고 걸으면 덜 무섭고 마음이 든든하다고 하더니 나 역시 얼룩이가 얼마나 든든한지 몰랐다.

그러나 때로는 그림자 같은 얼룩이가 귀찮기도 했다. 방학해서 시내에 있는 친척집에 놀러 가려고 산길을 따라 기차역으로 갈 때면 어느새 눈치 챈 얼룩이는 서너 미터 떨어져서 뒤를 살금살금 따라온다. 혹시 얼룩이가 길을 잃을까봐 "얼룩아, 빨리 집에 가!" 하면서 때리는 시늉을 하면 얼룩이는 앞다리를 땅에 척 붙이고 반쯤 엎드려

딴전을 피운다. 내가 앞으로 돌아서면 또 뒤를 몰래 따라온다. 기차를 타고 매정하게 떠나버리는 나를 보내고서야 혼자 집을 찾아서 돌아간다. 친척집에서 며칠 놀다 집에 돌아오면 얼룩이는 껑충껑충 높이뛰기를 하여 나한테 매달리기도 하고 신나게 꼬리를 젓기도 하면서 반가워서 어쩔 줄을 몰라 한다.

동네 꼬마친구들과 물살이 센 개울에서 물장구를 치고 놀다가 그만 새로 산 샌들을 잃어버린 일이 있었다. 맨발에 시골 돌길을 걸어야 했기에 발이 아픈 것도 있지만 할머니가 쌀을 판 돈으로 사 주신 것이어서 마음이 너무 아팠다. 엉엉 울면서 집으로 돌아오고 있는데 뒤에서 낑낑 소리가 났다. 돌아보니 글쎄 얼룩이가 떠내려가던 내 샌들이 돌에 걸린 것을 보고 물어왔던 것이다.

이런 얼룩이지만 철이 없었던 나는 그 놈에게 매정하게 대할 때가 더 많았다. 여름만 되면 동네에는 아이스크림장수가 자전거를 타고 아이스크림을 팔러 다녔다. 어린애가 있는 집 앞에서는 더 큰 소리로 '싸구려' 소리를 지른다. 애가 울면서 어른을 졸라 할 수 없이 사러 나올 때까지 끈질기게 소리 지른다. 이럴 때면 나 역시 유혹을 못 이겨 할머니를 조르거나 평소에 아껴뒀던 용돈으로 가끔 사 먹곤 했다. 어렵게 산 것이기에 나는 베어 먹기 아까워 혀로 핥으면서 아껴 먹었다. 아이스크림을 먹을 때면 얼룩이는 항상 옆에 딱 버티고 앉아서 군침을 흘린다. 내가 아이스크림을 핥아먹을 때면 얼룩이 역시 혀로 자신의 빈 주둥이만 민망하게 핥는다. 한 입 주기를 갈망하는 그의 간절한 눈빛을 나는 모르는 척 애써 외면하면서 빠른 속도로 먹어치운다. 지금 생각하면 내가 왜 그렇게 매정했는지 모른다.

한 입이라도 남겨 맛이라도 보게 할 걸.

한번은 마을에 홍수가 났다. 방과 후 오랫만에 친구들과 신나게 놀다 보니 나는 어둑어둑해서야 집으로 가는 길에 올랐다. 마을 어귀에 도착하니 여느 날과 같이 나를 마중하러 달려오는 얼룩이가 보였다. 마을 어귀의 강이 넘쳐 외나무다리는 강물에 잠길 듯 말 듯 하였는데, 다리 밑으로는 강물이 쏴쏴 무섭게 소리치며 흘렀다. 겁이 난 나는 건너지도 못하고 어쩔 줄을 몰라 했다. 나를 한참 올려가던 얼룩이가 갑자기 강물로 풍덩 뛰어들었다. "얼룩아! 위험해!" 내가 소리 질렀지만 얼룩이는 보란 듯이 헤엄을 쳐서 강 건너편으로 건너가더니 집으로 혼자 가버리는 것이다. "저런, 배신자!"

얼룩이가 그렇게 헤엄을 잘 치는 것을 처음으로 보고 신기하기도 했지만 나 혼자 두고 가버린 그 놈이 야속하기 그지없었다. 날은 어두워지는데 강을 건널 수 없는 나는 단 가마 위의 개미처럼 어쩔 바를 몰랐다. 갑자기 손전등 불빛과 함께 내 이름을 부르는 소리가 들려서 보니 할아버지가 옆집 아저씨랑 함께 얼룩이를 앞세우고 나를 찾아오셨다. 항상 나랑 같이 집에 들어섰던 얼룩이가 젖은 몸으로 낑낑 소리를 내며 혼자 들어오는 것을 본 할아버지께서 무슨 일이 났나 싶어 급히 나오신 것이었다. 결국 얼룩이는 도움을 요청하러 간 것이었다. "고맙다. 얼룩아! 너를 오해해서 미안해!"

시골에서 초등학교를 마친 나는 도시에 있는 중학교에 가게 되었다. 할머니는 내 학비에 돈을 보태시겠다고 나의 애원에도 불구하고 튼실하게 자란 얼룩이를 끝내 파셨다. 나는 지금도 개 장사꾼에게 끌려가던 얼룩이의 눈물 고인 맑은 눈동자를 잊을 수 없다.

노처녀 결혼기

　학창시절 내 꿈은 대학교 교수가 되는 것이었다. 은테 안경을 척 끼고 흰 와이셔츠를 입고 교단에 선 모습 얼마나 멋있을까? 꿈을 이루기 위해서 나는 한국 유학길에 올라 학업에 매진하였고 계절이 열 번 바뀐 뒤 드디어 바라던 문학박사 학위를 취득하게 되었다. 귀국 후에는 추가로 박사 후(Post-Doc.) 과정을 마치고 마침내 중국 명문대의 어엿한 교수로 임용되었다.

　꿈을 실현하고 나니 뿌듯하면서도 한편으로는 가슴 한 구석이 왠지 허전해짐을 어쩔 수 없었다. 여태까지 학업에만 매달리다 보니 연애 한 번 변변히 해보지 못했고 지금 이 기쁨을 나눌 사람마저 곁에 없다. 의식적으로 친구들 애기 돌이나 동창모임에 나가보아도 다들 남편이나 애 이야기들뿐이니 나만 외계인 취급을 받는다. 고사리도 꺾을 때가 있다.더니 아무래도 나 역시 짝을 찾을 때가 온 듯하다.

　말이 나온 김에 좀 교만하게 말한다면 나는 대학시절에도 끼가 많고 성격도 활달해서 항상 오락부장이나 학생회 임원을 담당하였고 외모도 연예인 정도는 아니지만 결코 남에게 뒤지지 않아서 중고등학교 때는 물론, 대학원과정을 끝낼 때까지 남자들의 구애가 끊이질 않았다. 하지만 이제 나이가 서른을 훌쩍 넘기니 주변에서 나와 잘 어울리는 이성을 찾기가 쉽지 않았다.

그러던 중 평소에 친분이 있는 선배교수가 대상을 소개시켜 주겠단다. 남들처럼 연애결혼을 하고 싶었지만 결국에는 만나보기로 하였다. 소개자 체면도 있고 무엇보다도 남자의 조건이 그렇게 좋다고 하니. 단둘이 만나기는 민망해서 양쪽 소개자 동반으로 식사를 하게 되었는데 장소에 도착하여 상대를 보는 순간 띵~ 머리에 쥐가 났다. 키도 크고 외모도 괜찮다 치지만 저 형광등 밑에 반짝이는 대머리는 어떡한단 말인가? (머리카락이 적은 분께는 정말 죄송하지만 평생 같이 얼굴 보며 밥 먹을 용기가 없는 관계로) 그렇지만 성경말씀에도 '사람을 외모로 취하지 말라'고 했거늘 나는 견강한 의지로 겨우 마음을 진정시키고 자리에 앉아 있었다.

요리 주문이 시작되었다. 오늘의 물주는 당연히 선을 보러 나온 남자 측이었다. 남자 분은 거의 반 시간이나 걸려서야 다섯 가지 요리를 선택했다. 선배교수가 예의상 "그냥 조금만 시켜요. 간단하게 먹죠." 라고 말했다. 그랬더니 남자 분은 기다렸다는 듯이 금방 시켰던 요리 하나를 그 자리에서 취소시켜버리는 것이다. 경제학 교수님답게 알뜰하였다. 식사 후 남자 분은 굳이 나를 집까지 데려다 주겠다고 했다. 내가 사는 아파트 근처까지 가는 동안 나는 열심히 그 남자분의 이야기를 들어줬다. 본인은 북경대 박사를 졸업하고 미국에서 방문교수를 했으며 현재 100평짜리 결혼용 아파트는 인테리어 중이고 차도 곧 새로 바꾸려고 한단다. 낭만적인 사랑을 꿈꾸는 나에게 이런 현실적인 이야기는 대머리보다도 더 점수를 깎이게 하였다.

이튿날 소개해준 선배교수한테 전화가 왔다. 상대방은 나를 계속 만나고 싶어하는데 내 의향은 어떠냐고 물었다. 그러면서 젊은 나이에 명문대 교수니깐 전도유망하다고 한번 고려해보라는 것이었다. 나는 농담 반 진담 반으로 이렇게 거절했다. "선배님, 저는요, 집 없고 돈 없고 차 없는 건 괜찮은데 머리가 없는 건 싫은데요. 죄송합니다."

이렇게 나의 첫 선은 대머리 교수와의 만남으로 시작되었고 허무하게 끝났다. 나중에 선 본 이야기를 전해들은 친구들이 이구동성으로 말한다. "쟤가 아직 덜 급해서 그래. 급하면 대머리고 난장이고 고를 상황이겠어?"

다시는 선을 안 보겠다고 결심하고 강의와 논문에 몰두하고 있는데 엄마한테 전화가 왔다. L작가선생님이 사람소개를 하시겠단다. 이 작가선생님은 우리 집과도 워낙 친하게 지내는 분으로 내가 시집도 안 가고 박사 후를 한다고 할 때도 이메일을 보내 '구박'을 하셨던 분이다.

"박사를 했으면 박사 전을 해야지 박사 후는 왜 하는지? 그럼 괜히 박사를 한 거 아닌감? 그리고 불과 수십 년 전에는 여자는 이름자나 쓰면 더 가르치지 않았어. 왜? 시집을 가서 시부모 모시고 남편 공대하고 아이 낳고 해야 하니까. 그런데 박사 뒤에나 서성대면서 시집도 안가고 뭘 하니?"

어른들의 명령을 거역할 수 없어 나는 울며 겨자 먹기로 또 선을 보았다. 소개해준 총각은 의사였는데 외국에서 박사후과정을 밟고 있었다. 마침 방학이어서 일을 보러 북경에 왔다고 한다. 서로가 바쁜 관계로 우리 학교 캠퍼스에 있는 커피숍에서 잠깐 만났다.

키는 다소 작은 편이었으나 다행히 머리카락은 온전해서 일단 마음이 놓였다. 서로가 생년월일을 물어보는 과정에 마침 그날이 내 생일임을 안 그 총각은 벌떡 일어나더니 총알같이 뛰어가서 와인과 케이크를 사왔다. 아무튼 열정이 대단한 편이었다.

그런데 이분은 또 돌발행동을 많이 하는 편이었다. 이야기를 나누다가 갑자기 복무원을 부르더니 나의 의사도 물어보지 않은 채 우리 두 사람 같이 있는 사진을 찍어달라고 했다. 썩 내키지 않았지만 다른 테이블들에서 원숭이 구경하듯이 다 보고 있어서 대충 빨리 찍고 넘어갔다. 다음에 음료수를 시키는데 참 난감한 상황에 봉착하게 되었다. 내가 커피를 시키려고 하자 그 사람은 커피는 몸에 안 좋다고 하면서 말렸다. 그래서 우유차 한 잔을 시켰는데, 우유가 들어간 음료수는 살이 찐다고 했다. 그 다음은 건강에 안 좋은 음식들을 하나하나 열거해주었고, 와인이 몸에 좋은 점과 마셔야 할 시간대 등등을 의학적으로 분석해주었다. 아무튼 선보는 내내 거의 의사와 환자의 상담을 방불케 하는 대화였다. 자상한 것이 나쁜 것은 아니었지만 왠지 이성과 같이 있다는 생각이 전혀 들지 않는다.

그 총각은 이튿날 바로 출국한 후 며칠이 지나도록 연락이 없다가 어느 날 아침 갑자기 메신저에 올라오더니 첫 마디가 "바빠서 연락

못했는데 지금 화상채팅 합시다."하면서 나더러 당장 수락하라고 했다. 딩동딩동 요청소리에 정신이 없었다. 사실 이제 막 일어나서 컴퓨터 켜놓고 씻으러 가려고 했던 나였기에 화상채팅을 할 준비가 전혀 안되었는데 내쪽 상황은 알아보려고도 하지 않고 무작정 신청하는 것이었다. 지금 그럴 상황이 아니라고 여러 번 얘기해서야 겨우 그만두었다.

어쨌든 그 후로는 서로 시간이 맞지 않았고 나 역시 자상한 의사 선생님과의 대화가 부담스러워 아예 연락도 안하고 하다 보니 자연스럽게 흐지부지 끝나고 말았다. 그 후에도 몇몇 지인들이 의사요, 교수요, 은행간부요 하는 사람들을 소개했으나 두 번 실패한 선보기 후유증으로 일언지하에 다 거절했다.

그러던 내가 올해 5월 3일 서른다섯의 나이에 화려했던 노처녀의 생활을 마치고 끝내 모든 여자들이 소망하는 순백색의 웨딩드레스를 입게 되었다. 많은 사람들이 궁금해서 연락이 온다. 도대체 어떤 남자가 이런 행운을 차지했냐고(물론 결혼 후 남편은 자신이 한 몸 바쳐 노처녀를 구제한 것이라고 '한심한' 이야기를 하고 있다.).

남편과의 만남은 정말 우연이었는데 박사후과정이 거의 끝날 무렵이었다. 당시 남편은 지방에서 교육지원 관련 회사 사장으로 있었다. 한 번은 한국에 있는 교육관련 행사 때문에 그와 메신저를 추가하여 공적인 이야기를 잠깐 나눈 적이 있다.

그런데 그가 나에 대해 특별한 인상이 있다고 하면서 이런저런 다른 이야기도 걸어온다. 얘기인즉 예전에 내가 관련행사에 참가하면서 그 회사의 직원과 함께 찍은 단체사진을 우연히 보게 되었는데 그 사진에서 뻬어난 나의 외모를 보고 직원한테 누구냐고 캐물어서 이름을 알게 되었고 또 이렇게 메신저로나마 대화하게 되어 너무 영광이라는 것이었다. 좀 당돌한 이야기였지만 듣기에는 은근히 기분이 나쁘지 않은 터라서 나도 모르게 이야기가 길어졌다. 그러다 보니 그 후에도 가끔 메신저로 이런저런 이야기를 나누는 사이가 되었다. 게다가 둘다 오랜 시간 동안 외국생활을 했던 경험과 글쓰기, 영화보기 등 공동취미가 있다 보니 대화가 곧잘 통했다.

그러다가 한 번은 엄마와 함께 남편이 있는 도시에 들리게 되었다. 버스에서 내려서 나는 진작 와서 대기중인 키가 훤칠하고 해맑게 웃는 그의 모습을 볼 수 있었다. 즉 우리의 첫 만남이었다. 우리가 머무르는 동안 그는 친절하게 가이드를 해주었고 심지어 돌아갈 때 나와 엄마의 선물까지 일일이 챙겨 주었다.

엄마는 무슨 눈치를 채셨는지 "혹시 너 저 총각이랑 사귀냐?"라고 물었지만 그때까지만 하더라도 나는 그를 그냥 이야기가 잘 통하는 친구로만 생각했었고, 게다가 그는 지방에서 회사를 하고 나는 북경에서 근무를 하는지라 발전가능성에 대해서는 전혀 생각도 하지 않았기에 당연히 "NO!"라고 대답했다.

몇 개월 후 나는 산동 연대시에서 교수로 있는 대학원 후배의 결혼식에 가게 되었다. 메신저에서 이야기를 나누다가 이 사실을 알게 된 그가 "저도 따라가면 안 될까요?" 라고 물었다. 나는 바쁜 사람이 근무시간에 설마 그 먼 곳에까지 오겠냐 싶어서 당연히 농담이겠지 하고 "그러시던지요." 하고 가볍게 대답했고 신경도 쓰지 않고 있었다.

그런데 후배 결혼식 날 그 사람한테 전화가 왔다. 지금 연대시 공항인데 어떻게 찾아가면 만날 수 있냐고 말이다.

'헉!' 황당스럽기도 하고 놀랍기도 하고… 아무튼 만감이 교차하는 순간이었다. 같이 결혼식에 참석한 여자후배들은 그 이야기를 듣고 부럽다고 난리였다. 아무튼 생각밖에 그렇게 그와 다시 상봉하게 되었다.

그는 연대의 명승지로 소문난 장도로 놀러 가자고 제안했다. 일단 멀리까지 찾아온 성의가 있는데다가 나도 왠지 은근히 싫지는 않았던 까닭에 같이 장도로 가는 배에 앉았다. 그 후의 스토리를 한마디로 요약하자면 많은 연애드라마의 장면처럼 그림같이 아름다운 바닷가에서 노닐다가 뜻밖에 사랑 고백을 받았고 아무런 준비도 없었던 나는 당시 로맨틱한 분위기에 혹했는지 사귀는 것을 덜컥 허락하고야 말았다는 것이다.

하지만 북경에 돌아오고 나니 은근히 후회가 되었다. 이렇게 떨어져 있으면 계속 사귀는 것도 문제지만 우리에게 미래가 있을 수 없었다. 그렇다고 내가 상대방 쪽으로 가기에는 지불해야 할 대가가 너무나도 컸다. 그때 그 사람한테서 전화가 왔다. 북경에 와서 사업을 하겠다고 뜻밖이어서 놀랍기도 하고 고맙기도 했지만 한편으로는 너무나도 부담이 되었다.

"우리가 사귀어 보는 건 좋은데 꼭 결혼까지 갈 자신은 없네요. 여기 오신다고 해도 저는 우리의 장래를 보장할 수도 약속할 수도 없거든요."

그러자 그 사람은 "너무 부담 갖지 마세요. 꼭 해응씨 때문에 북경을 가는 것이 아니라 예전부터 큰 곳에서 내 뜻을 펼쳐보고 싶었어요. 게다가 무작정 떠나는 게 아니라 오래 전부터 친구와 추진해오던 프로젝트 때문에 가는 거니까 걱정마시구요.” 라고 단호하게 대답했다나. 때문에 일부러 오면서 나를 안심시키려고 하는 말인 것을 알기에 마음이 더 불안했다.

이 이야기를 전해들은 우리 엄마는 난리였다. 사실 엄마는 딸이 노처녀로 늙을까봐 노심초사하고 있는 마당이었다.

“아니, 나이도 딱 한 살 많고 키도 184씩이나 되는 훤칠한 총각이 회사고 집이고 다 버리고 북경까지 쫓아온다는데 뭘 튕기냐? 너희들 나이에 그렇게 순순한 마음을 가진 총각이 또 있을 것 같애? 남자는 학위가 중요한 것이 아니다. 사람이 바르고 여자를 아낄 줄 알고 전구를 바꿀 줄 알면 되느니라.” 하시면서 전화기에 불이 날 지경으로 재촉을 하셨다. 게다가 그 사람을 잘 아는 내 친구도 그가 시골 중소학교를 위해 몇 년간 무료로 홈페이지도 만들어주면서 각종 사회봉사활동을 했던 이야기들을 해주면서 신뢰할 수 있는 사람이라고 강조를 거듭하였다.

내가 고민하고 있는 동안 그 사람은 회사를 부사장에게 넘겨주고 집까지 팔아 짐을 싸서 북경으로 날아왔다. 아예 작정을 한 것 같았다. 하긴 몇 년 사귄 연인들도 눈에서 멀어지면 마음에서도 멀어진다는데. 비록 플라토닉러브를 꿈꾸던 나이지만 아직 제대로 사랑의 꽃을 피우지 못한 노총각 노처녀가 서로 얼굴을 보지 않고 사귄다는 것은 현실적으로 불가능한 것이다.

엄마의 격려와 협박, 그 사람의 변함없는 끈질긴 사랑은 얼음같이 차가웠던 노처녀의 마음을 봄 눈 녹이듯 녹여버렸다. 결국 사귄 지 1년 반만에 드디어 5월의 신부가 되었다. 사실 결혼 전 양쪽 상황을 잘 아는 몇몇 친구들이 진심으로 결혼을 말렸었다. 조건 좋은 북경 총각들도 쫓아다니는데 보는 척도 안 하더니 집도 회사도 없이 맨주 먹으로 상경한 남자와 결혼하다니 이해를 못하겠다는 것이다. 요즘 사람들이 많이 따지는 학력도, 집안배경도, 돈도 아무 것도 없었으 니 말이다.

그렇지만 나는 그런 말들을 귓등으로 흘러 보냈다. 사랑을 쟁취하 기 위해 그 정도 패기와 열정을 가지고 임하는 남자라면 평생을 맡 겨도 괜찮겠다는 확신이 들었다.

나의 기대에 어긋나지 않으려는 듯 남편은 그동안 쌓아왔던 각종 노하우들을 기초로 1년 가까이 준비를 거쳐 컴퓨터업계의 유명한 프로그래머인 친구와 함께 손잡고 IT관련회사를 꾸렸다. 새로운 시 작인만큼 주말도 쉬지 않고 열심히 일한다. 창업한 지 얼마 안 되다 보니 아직까지는 수입보다 투자가 더 많다. 결혼을 반대했었던 친구 들은 고등학교밖에 졸업 못한 동창들도 시집을 잘 가서 북경에서 적 어도 아파트 두세 채씩 갖고 있는데 나름대로 박사후까지 하고 좋은 대학에서 교수로 있다는 사람이 보잘 것 없는 작은 셋집에서 신혼살 림을 차렸다고 속 터진다고 아직도 난리다.

걱정해주는 친구들이 고마웠지만 '제 눈에 안경'이라고 내가 좋아 서 결혼한 것이니 그런 말들이 나한테는 '소귀에 경읽기'다. 결혼한 우리는 아무리 힘든 일이 있더라도 서로 잘 맞춰가며 열심히 살고 있다. 싱글 때는 외출 시 버스 한 번 타지 않고 택시만 타고 다니던 내가 결혼하고 나서 택시 대신 지하철이나 버스를 탄다. 남들 다 있는 승용차도 없으니 올림픽 개최의 열기로 뜨거운 북경 시 공기오염 방지에도 나름대로 공헌이 크다. 50%할인이 되는 영화를 보고자 우리는 심야영화를 즐긴다. (왠지 '심야하면 더 로맨틱하게 느껴지지 않은가!)

그래도 마냥 행복하다. 이 나이에 서로의 생각에 공감하고 자신과 이야기하는 느낌이 들 정도로 대화가 잘 된다는 것만큼 소중한 인연은 없다고 생각한다. 좋은 조건을 마련해주지 못해서 미안하다는 남편에게, 조금만 기다려달라는 남편에게 나는 진심으로 얘기했다.

"부자인 남편도 좋지만 난 남을 위해 봉사할 줄도 알고 가정을 위해 노력하는 남편이 더 좋아요. 돈은 많지만 나랑 같이 있어주지 못하는 남편보다는 장도 같이 보고 공부도 같이 하고 영화도 같이 볼 수 있는 자기가 더 좋아요."

우리는 바쁘더라도 매주 시간을 내어 버스를 타고 북경에 있는 명승지들을 놀러 다닌다. 나를 사진 찍어주는 것이 취미인 남편 덕분에 컴퓨터 하드에 저장된 내 사진만도 수천 장이나 된다. 방학하자마자 나는 한식을 좋아하는 남편을 위해 배추김치며 오이김치를 담궜다. 저녁에는 맛있는 요리들을 정성 들여 준비하여 남편을 기다린다. 남편 역시 퇴근이 아무리 늦더라도 집에 와서 내가 해준 밥을 맛있게 먹어주고 설거지까지 해준다. 주말에 남편은 직접 바다활어를 사다가 독학으로 배운 현란한 솜씨로 생선회까지 떠준다. 이 정도면 콧대 높은 노처녀가 시집가기 잘한 것이 아닌가?

이젠 노처녀 결혼기를 이만 마무리해야겠다. 더 길어졌다가는 질투의 돌이 날아올 것 같아서. 아직은 행복하게 더 오래 살고 싶다구요.

 한마디만 더! 배 아프면 다들 너무 고르지 말고 빨리 시집가시라
구요!

홍성덕

sungduckhong@hanmail.net

상지대학교 영문과 졸업
홍익대학교 대학원 예술학과 석사
사)한국꽃예술작가협회 이사장(현재)
2005년 《문학마을》 수필등단
사)한국수필가협회 회원
사)한국꽃예술학회 편집이사
꽃예술한국 편집위원

부끄러움과 친구가 될 때

아침 조간신문에서 여성 전문기자가 쓴 「부끄러움은 힘이다」란 칼럼을 읽었다. 얼마 전에 서울에서 열린 세계여성포럼에 참가한, 세계를 무대로 활동하는 '잘 나가는 여성'들이 솔직하게 털어놓은 여러 사례들이었다.

"나는 책을 쓸 때 출판되지 못할까봐 부끄러웠다. 하지만 내가 부끄러워하는 모든 것들에 대해 글을 쓰기 시작했고 그것을 모두 드러냈을 때, 12년 만에 첫 책을 낼 수 있었다." 『백만장자를 위한 공짜음식』으로 미국에서 데뷔작에 성공한 재미작가의 말이었다. 그는 "원하는 것을 하고 싶어하는 욕망을 부끄러워했던 것이 우리 여성들"이라며 그 나약성으로 얼마나 많은 여성들이 자기개발의 기회를 놓치고 있는지를 안타까워했다. CNN 최초의 한국인 앵커로 오프라 윈프리 쇼를 거쳐 지금은 아시아 여성의 관심사에 초점을 맞춘 '메이리 쇼'를 진행하고 있는 방송인 메이 리는 그녀의 부끄러움과 두려움이 오히려 난관을 뚫는 동기부여가 되어 오늘의 그가 있음을 역설했다. 실패하더라도 거기서 얻는 것이 있다고 생각할 때 그는 힘이 났다고 한다. 모노드라마 「그리하여, 화살은 날아갔다」로 뉴욕의 실험무대에서 주목받고 있는 채 에스더는 "원하는 것을 찾아가는 일은 두려움으로 가득하다. 왜 이렇게 많은 어려움을 스스로 불러오는가? 원하는 것을 갖기 위해서 그것은 당연한 것이다."라고 웃으며 말했다.

우리들이 그동안 읽은 숱한 자기개발서와 리더십 서적은 성공을 위해서는 결코 두려움과 부끄러움을 드러내지 말라고 했다. 그러나 이제는 부끄러움과 두려움을 솔직하게 말함으로써 우리는 용기와 위안을 얻을 수 있음을 그녀들의 말 속에서 발견한다. 여성들이 자기의 욕망을 위해 새로운 세계로 비약하고자 꿈꿀 때 대부분은 두려움과 부끄러움으로 하룻밤 헛된 몽상으로 머물기 십상이다. 그동안 메이 리나 채 에스더가 넘어왔을 두려움과 부끄러움의 장벽은 얼마나 높았을 것인가? 그들이 성공할 수 있었던 것은 두려움과 부끄러움과 싸워 이긴 그녀들의 전리품인지도 모른다. 40대에 소설가로 데뷔한 작가 박완서는 단편 「부끄러움을 가르칩니다」에서 부끄러움을 마비가 풀릴 때 찾아오는 고통 같은 것이라고 했고, "나는 내 부끄러움의 통증을 감수했고, 자랑을 느꼈다."고 했다. 부끄러움은 고통이지만, 그것을 인정하고 넘어설 때 우리는 우리 내부에 강한 에너지를 느끼게 된다. 그리고 어떤 성취를 얻는다.

내 생애 말년에 세 번째 맞이하고 있는 '부끄러움과 두려움'의 싸움은 현재진행형. 괴롭지만 그러나 내 생애 끝날 날까지 그대로 현재진행형이었으면 싶다. 이순耳順이 넘어 시작한 반 토막 학부완성을 위해 나는 얼마나 많은 두려움과 부끄러움에 긴긴 밤을 지새웠던가. 괴로움만큼 하고자 하는 큰 열망이 그 고통을 이겨내도록 했고, 그때마다 나는 그 괴로움을 안으로 새기지 않고 곧잘 입으로 떠들어대곤 했다.

해도 해도 채워지지 않는 지적 갈증知的渴症은 항상 내 가슴을 뜨겁게 달구어 주고 열정은 나를 일으켜 세웠다. 학문에 대한 짝사랑은 나를 퉁퉁한 아줌마에서 스탠다드형 중년의 체중으로 탈바꿈시켜 주었다. 장바구니 대신 무거운 책들을 옆구리에 끼고 가파른 와우산을 오르내리기를 2년 반, 드디어 '문학 석사'라는 감투를 얻었다. 너무도 숨차게 오르내린 산 정상에서 땀방울을 씻으며 한 가닥 시원한 바람을 느껴보는 것도 잠시. 나는 또 다른 비상을 꿈꾸며 '부끄러움과 두려움'을 찾아 제2의 산행을 시작한다.

'미술비평'을 건널목으로 삼아 '화예비평'으로 도약하기 위한 긴 여행은 이렇게 시작된다. 썼다가 지우고 지웠다가 다시 쓰기를 반복하며 나의 박사학위 면접시험용 수학계획서는 점점 윤곽을 드러내고 있다. 나는 "원하는 것을 하고 싶어 하는 욕망을 절대로 부끄러워하지 말자."라고 나 자신을 다독이며, 한편 "원하는 것을 찾아가는 두려움은 나에게 힘이 된다."는 주술을 마음속으로 외워 본다.

세 번째 시도된 부끄럽고 두려운 나의 박사 과정 입학원서가 드디어 완성되고 있다.

꽃 잔치

　스산한 바람이 거리를 휩쓴다. 한기가 쏙쏙 몸속을 파고들지 않는 쿨한 가을 날씨가 도시의 담쟁이덩굴을 붉게 물들이고 있다. 봄의 꽃 축제는 흙바람과 함께 사람의 마음을 들뜨게 하는 가벼움 때문에 나는 좋아하지 않는다.

　어느 해보다 금년 가을은 꽃꽂이 축제가 많다. 10월 10일부터 말일까지 잠실운동장에서 펼쳐진 '서울 디자인 올림픽' 국제전에 화예 디자이너 700명이 참가하는 전시회 준비와 행사진행으로 거의 매일 잠실구장을 들락거렸다.

　우리에게 익숙하게 알려진 꽃꽂이는 문헌과 사진, 그림에서 그 족적이 상세하게 실증되고 있다. 우리나라 꽃꽂이의 시발은 민간의 샤머니즘으로부터 나무를 숭배하는 자연신앙으로 비롯되었으며, 인도와 중국을 거쳐 불교의 전래와 함께 불전 헌공화로 화려하게 꽃피우게 되었다. 이후 한국의 꽃 장식은 궁중의 의궤화를 위한 장식이 시중으로 널리 퍼지며 생활 속에 뿌리를 내리기 시작했다.

그러나 일제 36년과 6·25전쟁, 4·19, 5·16…의 급변하는 국내외 정세와 더불어 한국의 전통 꽃꽂이는 그 맥이 뿌리째 흔들리며 고사 직전으로 밀려나곤 했다. 뽑힐 듯, 뽑히지 않고 쓰러질듯 쓰러지지 않는 강인한 한국인의 얼은 우리의 화예계에도 정신적 지주로 버팀 목이 되어 주었다.

2000년대 글로벌화의 추세 속에 우리 꽃 예술도 세계 수준의 반열에 성큼 다가서고 있다. 이집트시대가 첫발걸음이 된 서구의 꽃꽂이 양식은 신에 대한 경외의 뜻으로 신전에 바치는 예배의 의미가 강했으며 한국, 일본, 중국의 동양권에서는 불전 공양화가 다양한 형태로 발전하고 변화하며 오늘에 이르고 있다. 이제 우리가 알고 있는 꽃꽂이의 유형은 단순하지 않다.

꽃 장식은 입학식, 졸업식, 어버이날의 길거리에 나앉은 작은 꽃 바구니로부터 결혼식과 장례식을 위한 삼단화환과 신부부케나 선물 용 꽃다발에 이르기까지 다채로운 용도와 목적으로 우리 주변을 아름답게 장식해 준다. 과거의 꽃꽂이는 이제 살아있는 나무와 꽃이라는 오브제대상물로서 독립된 '꽃예술 조형물'로 거듭 태어나고 있다. 미술의 영역으로 격상된 꽃 예술의 위상은 모든 화예인들의 자존심이며 보람이기도 하다.

오늘 과천 시민회관 대극장에서는 또 하나의 꽃 예술축제가 흐드러지게 펼쳐졌다. 노동부 장관상 대한민국 화훼장식 기능대회 본선이 치러지는 한편 역대 수상작가 4인의 꽃꽂이 시범이 선보였다. 일본작가 아카히로 히사카, 재일교포 최성복의 초청 데몬스트레이숀

현대적인 감각 속에 신선한 바람으로 무대를 가득 채워주고 있다. 이제 현대 예술은 어느 천재적인 한 사람만의 독점물은 아니며 대중과의 소통과 체험의 장으로서 새로운 20세기의 화두로 떠오르고 있다.

무대 위에선 결선 진출의 열 명 선수가 불을 뿜듯 뜨거운 열기 속에 꽃의 3차원 세계를 만들어가고 있고 말채, 다래덩굴, 찔레, 아스파라가스, 갈대, 장미, 거베라, 리시안 사스, 소국들은 그들의 손끝에서 마냥 춤을 춘다. 꽃이 꽃이 아니고, 나무가 나무가 아닌, 인간이 인간이 아닌 하나로 무르익은 거대한 설치미술의 소재들. 꽃의 연금술사인 선수들과 일심동체가 되어가고 있는 만장한 관객들은 이 순간 무엇을 생각하고 있을까.

피날레를 장식하는 패션과 꽃과의 만남은 빛과 컬러와 생명의 합창으로 뜨거운 합일의 세계를 이루며 우리 곁을 맴돈다. 극장 이층 로비에는 미리 보는 크리스마스 작품들이 고즈넉한 조명등 아래 현란하게 빛을 내며, 핸드타이드꽃다발부케는 완벽한 조형작품으로서 뭇사람들의 관전의 포인트가 되고 있다. 이곳을 드나드는 모든 이들의 얼굴에는 하나같이 미소가 번지고 있다. 화려한 의상과 격정적인 음악은 없지만 그들 마음에 스며든 고요와 기쁨은 진정 오늘 꽃의 축제가 주는 가장 큰 축복이리라.

꽃 속에 묻힌 수많은 마니아들. 그들은 다시 다음의 꽃 축제를 찾아 어디론가 떠날 것이다.